闇心理學系列之——

叮叮園區奴隸戰記

The world is a ruthless place
and one must always
be prepared to
take advantage of that.

—— *Georges Prosper Remi*

在這個殘酷的世界
人人必須把握時機撈盡好處

—— *喬治・勒米*

《丁丁歷險記》

目錄 — Contents

I 奴才道中記

壹 國際刑警找我合作……011
貳 搭了一架坑客的飛機……020
參 專騙台灣人的團隊……032
肆 帥到爆的四大獄長……045

II 熱詐進行曲

伍 好心不吃唐僧肉……059
陸 差點死在停屍間……073
柒 挑戰不可能的騙房奇計……084
捌 心跳加速的晚間活動……094

III 美少男夢工場

黑色邱比特派公主牌……109
出租男偶大戰奧客……121
幫未婚妻付頭期款……134

IV 俄羅斯謊塊

測謊失敗就會暴斃……149
看穿人心的最強必殺技…164
超智瞞過靈魂的拷問……177

V 氣球大話戰

不慎知道了園區真相……193
輸了要簽百年賣身契……206
賞善罰惡毋寧死……216
泣聲夜頌曼珠沙華……228

奴才道中記

【養套殺】

常見的詐騙三部曲，養是透過好處、關懷或虛構人設來取得被害人的信任；套是引導對方進入圈套，使其深陷其中；殺則是徹底榨取對方的利用價值，甚至毀滅對方。

【白板】

詐騙集團的新進員工，尚未有實戰經驗。

LEVEL 01

I

國際刑警找我合作

某討論區曾有一篇帖文：

【一人一個千萬不要讀的大學垃圾科】

「讀大學，不是往錢看，難道是為了貢獻世界嗎？成功賺到第一桶金，才能實現夢想。我宣布所有賺不到錢的學科，全部都是垃圾科！」

「所有文科⋯⋯文學、歷史、哲學，全部惹不得。」

「人類學呢？大學應該取消這一科。」

「理科又如何！本地不重視科研，化學和物理也是 F 級之選。」

出乎樓主的意料，這麼無聊的帖子，竟然惹起熱烈的討論。

而在眾多「乞食科」之中，憤世嫉俗的網民難得有了共識，說到一致公認的 U 級學位，X 大學的社會科學系必定位居榜首。

疑似是該學系的學生浮上論壇，寫下自嘲的留言：

「名副其實的 USELESS —— 我今年即將畢業，讀完好像沒讀過一樣，畢業等於失業。我以過來人的身份勸君一句 —— 天才也怕入錯科，SOCIAL SCIENCES 悔終生！」

而在 X 大學的社會科學系，最好聽卻不知有甚麼用的主修科目，正是 PSYCHOLOGY —— 心理學。

「寫論文就是不停插入理論，引用廢人的廢話……沒錯！容我大膽講一句，佛洛伊德只是個廢老！」

心理學這一科最成功的地方，就是中文譯名改得好，因此引人入讀，以為讀完就會讀心術，摸透世人的心理。

而我，正是 X 大學社會科學系的畢業生，曾修讀心理學。

畢業後，我離開了 X 大學所在的 H 市。雖然 X 大學不是野雞大學，但適逢 H 市的經濟低潮，我寄出了兩百封求職信，等到鬍子長滿了下巴，還是沒有任何面試的機會。

心理學有甚麼用？僱主不知道，我也不知道。

要繼續深造？不好意思，一要成績好，二要家底好……這些機會並不屬於我。

找不到工作，拿不到簽證，我只好灰溜溜地回到台灣。雖然在 X 大學畢業，但我是土生土長的台灣人。本來我的學測成績很好，直上台啤大學也不成問題，可是當年不知哪根筋不對，聽完 X 大學的招生講座，傻乎乎的去了 H 市升學。

我不能說是受騙，因為這是我的選擇。

除了「對賺錢毫無幫助」這個後果，我個人是很喜歡心理學的課程。

掛著 X 大學的名號，我在台北也找到工作，薪金還好，日子安穩。可是……太穩了！穩到像每天在數秒鐘過日子，連鬧鐘都比我活潑。做滿一年，我果斷辭職，決定去澳洲打工度假。

渾渾噩噩混了兩年，最後還是回到台北。

我想做甚麼？就在我懷疑人生的時候，就看到書櫃上那一套《福爾摩斯探案》全集。

經過朋友的介紹，我應徵了徵信社的工作。徵信社是台灣特有的名字，在海外地區的叫法是「偵探社」，即是說我好像找到夢寐以求的工作，有機會成為私家偵探。

幻想中的偵探，身穿風衣，嘴叼煙斗，背後響起 BGM，站在眾人中間發出宣言：「真凶就在我們的眼前！」

現實真的這麼美好嗎？

在這個道德敗壞的社會，我只是個為了三餐溫飽而跟蹤別人的小人物。難聽一點的說法就是「狗仔」，偽裝成路人甲，偷拍指定的對象。有時也要幫公司賺業績，向客人推銷竊聽或反竊聽的設備。

有了幾年經驗之後，我便離開了原來的徵信社，自立門戶，在西門町的中華路租了店面，掛上「西門小小徵信社」的招牌。

尋人捉姦、行蹤調查、代客出氣、離婚設計……

只有你們想不到，沒有我們做不到的事。

以上是由我撰寫的廣告，連設計也是由我包辦。

雖然九成的工作以跟蹤為主，但我的志向始終是查案。

在查出真相的過程中，我得以窺探人性，主要是——黑暗的人性。

我試過只憑一張照片的線索，拆穿某位網絡紅人的謊言，一步步揭露他與未成年少女的偷情醜聞。最後警察上門逮捕了他，證明了我的推理無懈可擊！或許是職業練就的特異功能，我只需掃一眼、聊兩句，便能判斷誰是渣男渣女，準確率高達八成。

我的個人頭像照是一盞蓮燈。

因此網民給了我一個稱號——

蓮燈神探。

我知道，一切只是我「自 HIGH」，真正的大案輪不到我負責……直至我遇見她為止。

八月四日，星期日。

第一次跟她見面，地點是醫院的咖啡店。

我還以為客戶是醫生或者護士，來者竟然是個身穿黑衫和黑褲的女人，披著時尚的黑色外套。她踏進咖啡店的瞬間，整個空間的溫度彷彿下降了一度。她的長褲隨著腳步輕擺，修身的剪裁勾勒出修長的雙腿，烏黑的髮絲在燈光下泛著冷冽的光澤。

她直接坐在對面，微微挽起袖口，一眼就認定我是相約的對象。我心中暗暗起了波瀾，因為對方不只是個氣場強大的女人，還是個讓人移不開視線的長髮美女。

「嗨。『蓮燈神探』畢奎元先生，你就是我要找的人。」她竟然喊出我的網名和全名。

「是的。正是在下。」我察覺了疑點，立刻反問：「等等，妳怎麼知道我在網上用過的代號？」在徵信社的網站上，只披露了我的聯絡資訊。蓮探神探是個尷尬的名字，我從未在現實中提及，而對方竟然揭穿我最私密的身份。

美女懶得解釋，直接出示一本像護照的證件。

「你可以叫我莫莉。」

證件上的確是她的照片，還有姓名、國籍和職位等資料。左上角最顯眼的英文字母映入我的眼簾——

INTERPOL……

這個英文……

「抱歉……我英文不太行，這是甚麼組織？」我搔著後腦問。

莫莉沒有嘲笑我的意思，唸出比較容易理解的名稱：「INTERNATIONAL、CRIMINAL、POICE、ORAGANIZATION。」

「哦哦哦！莫非是……傳說中的國際刑警組織？」

我抬頭盯著莫莉，驚訝得差點從椅子上滑下去。

國際刑警這個組織的大名，我自小聽到年近三十，如今居然有一位國際刑警親自坐在眼前？從莫莉的一舉一動看來，她似乎有求於我。我乾咳一聲之後，擺出冷酷的面孔，默默等她解釋清楚。

沒想到她向我拋出一個問題：「台灣半導體之後的第二高增值產業，你知道是甚麼嗎？」

剛剛看過莫莉的證件，我知道了她是香港人。我亦聽得出她的口音就是香港人的口音。她的問題是關於台灣的常識題，沒理由我會答不出來吧？為了爭取思考的時間，我支支吾吾地說：「半導體以外的最高增值產業嘛⋯⋯高科技？金融？」

莫莉直截了當地說：「答案是詐騙。根據我們的統計，全台灣一天被騙的金額平均是五點六億，整個產業的規模高達千億。」

我穩住心神，但眉頭已經皺成了一個問號。

忽然，莫莉露出誠懇的表情，湊近我面前，低聲說話：「我是代表國際刑警來找你的，有工作委託給你。」

我目不轉睛盯著莫莉，一方面難以置信，一方面充滿了疑惑。國際刑警竟然有解決不了的難題，要委託我這個外人出任務？

「你有聽過叮叮園區嗎？」莫莉問。

「叮叮園區？」儘管顯得無知，但我真的未聽過。我回想她說過的話，便接著說：「這是甚麼詐騙組織的基地嗎？妳該不會要我潛入園區，內應外合，然後一舉瓦解整個組織吧？」

莫莉淡淡一笑，快人快語：

「沒那麼刺激。這次委託給你的工作，只需要進去救一個人出來。」

「一個人？甚麼人？」

莫莉向我遞出一個白色的文件封，一切盡在不言中。

我轉念一想，提出最重要的疑問：

「為甚麼選中我？」

「第一個原因，當然是因為你的外表像個廢青，看來就是社會上的失敗者。」

「雖然妳說的是事實，但妳可以說得婉轉一點的……」

「抱歉，香港人講話就是這麼直接。」

對於這種第一次合作的客戶，我當然要刨根問底：「OK。不過我真的不懂。國際刑警內部人才濟濟，為甚麼不派你們的探員……」未等我說完，莫莉已開口：「我們國際刑警不是特務，身份不是機密。詐騙集團內部雲集世界一流的電腦高手，他們有心要查的話，一定查得出來。」

我嗤之以鼻，不屑地問：

「就像你們查出我的資料一樣嗎？」

莫莉沒有正面回應，只是撥了撥頭髮，接著講解行動的細節。

聽起來，他們是要找一個死了也不可憐的角色，去做這種賣命的勾當。這種需要出國的案子，危險程度又跟賭命一樣，我一般來說是不會接的。不過，就算不接，我也好奇對方的出價。

「會有多少報酬？」我一邊問，一邊做出捏指的手勢。

「三十萬。」莫莉不假思索地說。

「這麼少？這麼危險的工作……」我一心要拒絕這次的委託。

「我說的是美元。US DOLLAR。」

我真傻！對方是國際性的大機構，當然是給美元啊！

在莫莉面前，我半推半就，不想顯得自己太貪錢。

莫莉看見我心動，胸有成竹地說：「給你一晚時間考慮一下。明天正午之前，請你給我答覆。」語畢，她面帶微笑站起來。

座椅區只剩下迷惘的我，怔怔地瞧著她黑色的背影，輕飄飄似的離去。與此同時，一個想法湧上腦海：「這會不會是騙局？」

現在回想，那一刻我已經利慾薰心。

我還未意識到此行有多恐怖——

地獄之門，已經打開。

LEVEL 02

搭了一架坑客的飛機

八月十一日，台灣桃源機場。

機場到處都是防詐騙的政府廣告，甚至有航警在地勤櫃台前舉牌，勸導旅客小心求職陷阱，切勿傻乎乎自投詐騙集團的懷抱。

這會不會是一場騙局？

像我這種有江湖經驗的知識分子，當然要小心求證。我問過同行，他們未聽過這種與國際刑警合作的案子。

「莫莉小姐，這是非常危險的任務⋯⋯我要求先收一半的酬金。」

我想出了必勝的求證法，如果對方冒充國際刑警，一定不會答應做這種賠本的生意。結果呢？不用等到隔天，當天下午我打開行動網絡銀行，就看到了十五萬美元的匯入款。

在這一行混了這麼多年，這是我接過最大的生意。

台灣在幾年前尚有通姦罪，自從大法官裁定違憲之後，這條罪就失效了。這就是史稱「通姦除罪化」的大事件，聽說在法令宣判的一刻，全球最大的外遇網站湧入大量台灣人註冊，而且新增會員大多是女性。

徵信社少了重要的案件來源，業績一落千丈。唉……坦白說，我這幾年也不好過。因此，有一筆巨款擺在眼前，對我來說是天大的誘惑啊！富貴險中求，在金錢的柔波裡，我甘心做一條水魚！

在約定的時間，我到了機場的地下停車場，上了莫莉的白色小車。就像是標準的工作服，莫莉的穿著跟上週一模一樣。

「這是登機證。一個半小時後起飛，時間不多了，請你快去 CHECK IN。」

莫莉遞出紙本的登機證，直到這一刻，我才知道要前往的國家。

「T國？」我本來以為要去東南亞，想不到是一個更遙遠的地方。

「嗯。」莫莉冷冷地說。

叮叮園區是個非常神秘的詐騙基地，我上網搜索不到任何資訊。雖然我藝高人膽大，暗中還是安排了助手。他隨時候命，除了幫忙聯絡我的家人，還會直接過去T國營救我。

登機時間在即，莫莉盡快交代任務的細節：「下機之後，你住進我寫在登機證背後的旅舍。為免蛇頭懷疑，我們不能安排太好的住宿……蛇頭會直接到旅舍找你。」

「OK。我吃慣苦的。」我翻了翻登機證，琢磨那個手寫的異國地址。

「那間旅舍的浴室是共用的浴室。我們的同事會在暗中行動，當他向你拋出一個沐浴球，請你撿起來，然後他會問你是不是獨自出遊，你就回答『過來參加Annual Dinner』。」

「Annual Dinner？」我陷入極大的困惑，擔心唸錯英文。

「是的。這只是一句暗號，互相確認身份。」莫莉一本正經地說，一點也不像在開玩笑。

當一件事荒謬到了一個程度，反而容易令人信以為真。

臨別前，我按住車門，向莫莉問出壓在心頭的問題：「我要去救的人姓莫，跟妳的姓氏一樣。他跟妳是不是有甚麼關係？」

莫莉淡然一笑，直認不諱：「他是我的哥哥。可以告訴你的就這麼多了。」

我一陣錯愕，愣愣地看著白色的小車遠去，消失在停車場的暗角。

起飛時間是十一時正，午時之前，窗外的陽光極盛。我的行李只有一個大背包，很快通過出境審查，準時抵達登機閘口。

防詐騙的立牌和標語無處不在：「**海外高薪＝地獄套餐**」、「**不要信夢想，一去無回頭**」、「**你的履歷，大受詐騙集團欣賞**」……

到底值不值得為了三十萬美元——即是接近一千萬台幣——來賭上自己的小命呢？

這個問題，我也問過同行的前輩，竟然有人回覆：「不用三十萬，給我三萬美元就夠了。」生意難做，總會有人開出超低的服務價搶市。假如我不做，一定有其他人來取代我的位置。

像我這種沒有家世的可憐人，發財的機會一生難逢一次。我咬了咬牙，緊握著護照，抹去了心中最後的一絲猶豫。

不知有沒有人發現？我寫的是日記體裁，記載自己這段經歷。我這樣寫當然有重要的意義，不過在此要賣個關子，之後就會解釋。

這趟出國任務，我就當是出差，對航空公司沒有要求。經濟艙就好，空姐美醜也不相干，只求有個正常的座位，平平安安到達目的地。

只不過，莫莉幫我安排的航空公司，竟然是一星評價的廉價航空。

根據我用手機上網查到的評價，這間航空公司曾發生不少致命事故，全球的安全率排名歷年倒數十名之內，因此網民戲謔為「亡命航空」。

沒想到只是乘搭飛機，已經是嚴峻的挑戰！就連安全降落都要全靠運氣。

當我進入機艙，已經感受到詭異的氛圍。這架客機沒有商務艙，只有經濟艙，一眼望到底，有一排燈光閃爍，閃出兩下綠光。媽呀！燈光故障也不修理的話，引擎會不會有問題的喔……

至於其他男乘客最關心的空姐——長相還可以，都是棕色的肌膚，疑似來自不愛笑的民族，全程都對乘客黑臉。

「18A……」

我找到自己的座位，一坐下，就好像坐在紙皮箱上面。噢！靠背上的軟枕居然掉了下來，我費盡九牛二虎之力，調整最完美的角度，才成功將軟枕黏回靠背上面。

鄰座的乘客來了，他是個白髮禿頭的老伯。

「太好了！有安全帶！」老伯說出一句驚人的話。

「有安全帶不是很正常的事嗎？」我忍不住問。

「這間航空公司之前要乘客付錢，才會提供安全帶，因為被投訴到幾乎停牌，現在才有所改善。」

「太離譜了吧！」我半信半疑。

「你看看廁所那邊……門把的位置是不是有投幣口？沒騙你，你想上廁所的話，就得先向空姐換幣。」

老伯所言屬實，那真的是投幣式的廁所。

連上個廁所都要付費？這間廉價航空為了斂財，真是無所不用其極。

上機前的隨身行李都要秤重，連外套都要脫下來秤重，超重就要付費。乘客已經進入候機室，簡直就是肉在砧板上，被迫接受航空公司規定的罰款。至於禁帶食品和飲料上飛機，這些都是意料中事，不得怨天尤人。

不幸中的大幸，飛機順利起飛，雖然我屁股下方的椅子搖搖欲裂似的，但它還是沒有隨著傾斜的機身散開。

飛行途中，空姐竟然逐行派發堅果包，小孩子高高興興接過，不疑有詐。我聽到前方有人問：「要錢的嗎？」空姐的回答是：「這是我們對客人的一點心意。」沒騙人，雖然她有棕色的肌膚，但她的中文講得很好。

貪小便宜的乘客當然伸出手心，我也拿了一包堅果。就在我拆開包裝的一刻，鄰座的老伯露出古怪的表情。

「難不成會有毒嗎？」我心想。

吃了幾口，我發現⋯⋯就是一般的堅果，沒有任何怪味。

但當我吃到一半，我的舌頭出現異狀。

好辣！辣到噴火冒煙啊！

在滿艙小屁孩的哭聲之中，我招手向空姐求救。

「先生，要不要開一瓶水給你？」

我立即點了點頭。

空姐聞言，由推車裡拿出有木塞的瓶裝水，同時又拿出了開瓶器。

這瓶水到底多少錢？喝水要付開瓶費？

免費的果然才是最貴，我辣得眼淚直流，沒法好好思考，直接刷卡付錢了事。喝完一整瓶水，我免不了要去上廁所，看來就是中了連環計。

「小哥，我本來想提醒你，這家航空公司是很奸詐的。」鄰座的老伯說風涼話，令我感到不悅。

「你幹嘛不早點說？」

「俗言有云 —— 阻人發財，猶如殺人父母，死後要受到火燒半球體之刑。」

「半球體？」

「就是兩片肉臀的意思。」

這是冷笑話嗎？我可笑不出來。老伯出於善意，又提醒我江湖險惡，不要隨便亂碰機上的任何東西，否則就要賠錢賠到脫褲子。

本來以為廉價航空會省冷氣，沒想到反其道而行，冷氣強大到令我懷疑人生。最可惡是冷氣沒法調整出風口，直噴乘客的額頭。環顧四周，絕大多數乘客都穿著外套，而我只有單薄的短袖襯衫，全程直打哆嗦。

最後我受不了，又向空姐刷卡，而租借回來的毛毯，爛得就像是一條破舊的窗簾布。

出門遠行，就要面對風險⋯⋯奸商無處不在，無處不是騙局。這一次是我輸給了奸商，我也只好認栽，就當是上了人生的一課。

我彷彿在冰箱裡昏睡了一覺，終於熬到了下機。

「祝你一路走好。」

對於非華裔的空姐，我不好意思糾正她錯誤的中文。

受騙的陷阱無處不在，在一個人的生命劃下心理創傷。回程的時候，我寧願自費掏錢買機票，也不想再乘搭這間航空公司的航班。

T國的黃昏，天邊掛著火燒雲，美得好像加了特效一樣。

八月十一日的傍晚，我抵達了旅舍，向櫃位的職員報上名字，順利登記入住。

正規的旅舍都會查看護照，當時我渾忘了這件事，因為注意力都在觀察旅舍的環境。

「這種風格就是敘利亞工業風嗎？」

內外牆身斑駁脫落，露出底層的水泥。迎賓廳沒有假天花，可見生鏽的水管，地面有接水的塑膠桶。我拿出手機，用鏡頭掃一掃爛爛的招牌，即時翻譯的結果是：「**豪華棺材旅舍**」。

一股由丹田爆上來的飢餓感突襲，我才想起除了那包超辣的堅果，一整天未吃過任何正餐。旅舍的一樓有餐廳，擺滿深色的木桌椅，驟眼看來沒有蟑螂和老鼠，我進去坐下，打開桌上的菜單。

駐守收銀檯的婆婆看來是老闆娘，她的笑容和藹可親，因此令我放下了戒心。除了我，餐廳裡還有三個男客人，全部都是孤獨的中年毒男。

按照計劃，今晚就要在公共的浴室洗澡……只要想到這件事，我就感到忐忑不安。

正當我糾結萬分，香噴噴的泰式套餐就上桌了。

「冬蔭功，酸辣湯……」

我喝完湯，舌頭一麻，手腳抽搐。

五秒內，全腦出現黑畫面，就此不省人事。

是的，智商一百的我就這樣中計，犯了近乎智障的錯誤。

後來，我了解到這間旅舍和叮叮園區有勾結。近年拐騙人口的新聞曝光，人人提高了警覺，未必肯乖乖的交出護照。中介——或者叫「蛇頭」——乾脆先下手為強，直接灌迷魂湯。

我自認這次大意了，沒有提防喝下肚的飲料。

莫莉跟騙徒是不是一伙的？

這個假設浮上我的腦海。

國際刑警找我合作？整件事實在不合理。

當局者迷，就算察覺到異樣，我也會在腦中自圓其說，自行「腦補」不合理的情節。

當我醒來，發現雙手反縛在背後。頭皮一陣陣發麻，我睜眼一看，發現置身在廂型小客車的載貨區，隔著鐵網，看見司機正在沿著漆黑的公路開車。司機不是華裔，一張馬臉，長得像個疑犯一樣。

除了我，載貨區還有另一個男人，我認出他同樣是那餐廳的食客。男人還在昏睡，我不想打草驚蛇，所以沒有弄醒他。

沿途是陰暗、肅穆的地方，很適合當恐怖片的場景。

我一直提心吊膽，沒過多久，天色微亮……原來我已昏睡了一晚。這時候朦朧的曠野映照在車窗上。

望向遠方，有一條木橋，橋下是混濁的河流。

橋的寬度只夠一輛車子直駛通過。

車子未過河就停住了，原來到了橋的盡頭，稍後直接駛上渡船。在渡船上載浮載沉，我的神經緊繃，身旁那個男人也醒來了。

河並不寬，一眨眼間就到了對岸。

四周是更陰暗、更肅穆的地方，小客車停在圍牆前面。

圍牆旁有一對大鐵門，有森嚴的關卡和守衛。這裡就像是監獄的入口，守衛總共有五個或六個，全部身形矮小，又醜又黑，腰間都掛著開山刀。

我心中一凜：「如果這是唯一的出入口，有可能逃出生天嗎？」

那些人上來核對身份，我旁邊那個男人不停掙扎，聽他大罵時的口音，應該是中國人。兩個守衛將他抓出外面，傳來拳拳到肉的聲音，肯定是一番毆打。當他被丟回車上，便不再大呼小叫，連放屁都變成無聲模式。

男人忽然向司機苦苦哀求：「我願意給錢，可以放我回家嗎？」

司機正在抽菸，他竟然聽得懂普通話，還冷冷地回覆：「你死了這條心吧！他們只要人，不要錢。就連我，你也收買不了的。」

這番話也是向我澆冷水，因為在我計劃中最壞的打算，就是用錢來向園區贖身。

接著外面的守衛盯上了我，大喊道：

「台灣人哪？送他去N24區！」

這一次主動送頭，我真是笨死了，但在這伙守衛挾持之下，反抗等於自殺，我唯有踉踉蹌蹌走入圍牆。

大鐵門一關上的剎那，我知道已經沒有回頭路。

我——必定成為園區裡的奴隸。

LEVEL 03

川

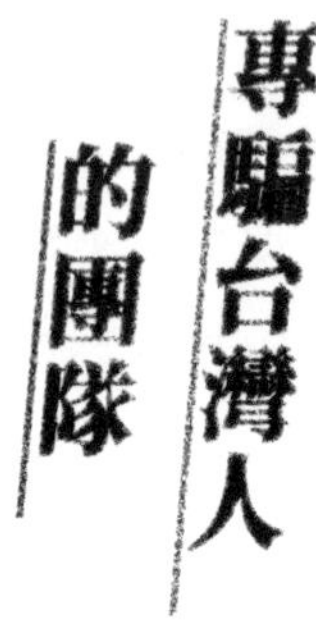

專騙台灣人的團隊

八月十四日。

員工編號29498。

螢光黃的短袖POLO衫，深藍色的短褲，這是園區的奴工制服。整個園區如同位於偏僻地區的企業總部，而且是一間無良的企業，例如我僅有的兩套奴工制服，都是人事部的主管迫我掏錢買的。

第一天「上班」，就像在尋常的辦公室環境工作。

這是一幢大樓，我身處的樓層是十八樓。

園區的規模大得出奇，遠遠超出我的想像。由窗口望出去，有三棟像我所身處的大樓，棟距異常狹窄，與對面大樓外牆面壁的風景，就像一幅永不更換的監獄壁畫。

陽光從樓縫之間斜射進來，穿過玻璃大窗分碎成稀疏的光斑。

掛牆的超大白板分為三個區塊，每個區塊的頂部都有手寫的標題，標題只有一個字：

養、套、殺。

下方都貼滿了受害者的資料卡，約有四十多張，大多數貼在「**養**」字那一區，數目由左至右遞減，最右邊的「**殺**」只有一張卡。養是下鉤，套是牢牢的圈住，殺是宰殺肥滿的收穫。

我知道這就是著名的「敏捷專案管理系統」，非常適合用來建立靈活應變的高效團隊。我差點想豎起大拇指稱讚，看來這裡的管理井井有條，園區的高層並非不學無術之輩。

在這一層樓底很高的辦公室，總共有十六位奴工，分為四組工作。奴工的背景來自五湖四海，大多數居然是我的同鄉——台灣人。

十字板的隔間，隔壁的胖小哥正在伸懶腰。

我才來到園區兩天，就要被迫上線工作，內心滿是疑問。

「這樓層的工作區叫台灣 N24 區，是因為有很多台灣人嗎？」我向隔壁的胖小哥問。

胖小哥的化名叫達叔，貌似六十實際三十，籍貫湖南，有嚴重的仇女傾向，自稱是畢業於麻雀理工學院的電腦奇才。

「不是咯，我們這幢大樓都是專騙台灣人，所以才叫台灣區。台灣人很有錢咯，每年幫園區創造出最高的業績。」

「這麼誇張？」我暗暗納罕，因為台灣人口才兩千多萬，竟然創造出這種另類的經濟奇績。

「房價高，儲蓄率高，離婚率又高，滿塘都是肥魚咯！」達叔拍了拍螢光黃的制服，露出陰惻惻的笑容。雖然他有挖完鼻孔再抓頭的習慣，但我倆滿聊得來的，他也是負責帶我上手的同事。

「我來自台灣，台灣人專門騙台灣人……不會太那個了嗎？」我忍不住問。

達叔眨了眨眼，毫不在乎地說：

「怕甚麼？沒有引渡法，又何來刑責哩？多虧這種全球獨一無二的漏洞，台灣才成為詐騙集團眼中的天堂。」

我們這一組負責台灣區的網戀線，一共有四位組員。

小組長是個髫油頭的中年大哥，茶色的鬈髮往後梳，呈現出舊派意大利馬菲亞家族加上台式江湖味的混搭風。兩條臂和雙腿都是紋身，他在室內也戴著太陽眼鏡，有狐臭和口臭，隔著分區隔板也嗅得到。組長自稱的名字是薛丁格，大家都用這個帶西洋氣的中文名來稱呼他。

組長有特權，不用穿著螢光黃的制服，薛丁格今天穿的是花俏的襯衫。

「欸！達叔，駭進台北圖書館！查一下『這條菜』的借閱記錄。」

薛丁格遞給達叔一張便條紙，紙上有人名和住址。

「等等。給我一分鐘。」

達叔是團隊中的電腦專家，眼見他劈哩啪啦的敲鍵盤，指尖如同在鍵盤上飛舞的精靈，果然在一分鐘之內完成了任務。

我們一同盯著電腦螢幕，由薛丁格唸出一個個羞恥度滿點的書名：

「《米國總統的貼身女秘書》、《馬斯克愛上當廠妹的我》……果然是這樣！這個三十八歲的女人，人近四十倍思春，眼角還這麼高，根本是自戀症的末期病患。」

我指著螢幕，向組長薛丁格請教：「借這種書，不會尷尬的嗎？」

而且……這個女的愛借的書，封面大都是外國男人，明顯有崇洋的心態。

「圖書館有自助借書機吧？去買書，反而會被恥笑。」

薛丁格這個答案令我恍然大悟。

就在達叔和我的面前，薛丁格狂拍了拍掌，噴口水喊話：「我決定了！我給她的追求者人設，就是蘇格蘭王子彼特六世！」

「彼特六世？認真的嗎？」我驚喊。

而且……蘇格蘭有王子的嗎？

薛丁格瞅著我，以前輩的口吻說話：

「很多女人事業成功，心靈卻空虛到極點。事業愈成功的女人，愈覺得自己配得上王子。這種女人一旦受騙，因為自尊心太強，她們都不會報警……呵，簡直是最完美的肥羊。」

每個人的一生之中，總會出現心靈脆弱的時刻，詐騙集團就是看準這一刻出手。

「這麼說太過分了！」

隔板後的同組同事生氣得站起來，怒瞪著薛丁格和達叔。

對了！有件事忘了說，就是這裡也有女性奴工，女裝制服是螢光綠的寬鬆醜上衣。同組這個女生嘛，名字是茹素，跟我一樣是台灣人，她是被男朋友賣到園區的（當了男朋友的替死鬼）。她只不過比我早到一星期，所以跟我一樣是新人。

我做徵信社這一行，觀人入微，一眼就給予她中肯的評語：相貌是C、胸部是E的爽朗女生（胸部的E是好評）。

同一層除了辦公室，還設置了飯堂和男女分開的集體臥倉。剛剛吃早餐的時候，茹素坐在我的鄰座，我低聲問過她：「一個女生在園區，會不會遭到甚麼超過底線的對待？」茹素聽不懂暗示，我直接說出「侵犯」兩字，她才會意過來。

「不會啊！這個園區一心求財，高層老大都很尊重女性，假如有人對女生毛手毛腳，都會被砍手砍腳的。」

我聞言，只是發出「哦」的一聲。難得有E級的實力，卻低估了自己吸魔的引力，這個女的天真成這樣子，我真的非常替她擔心。經過這番對談，我對她的智商給予E的評價，同時納罕這個園區挑選人才的標準——是否有手有腳就可以進來？

辦公室的空調冷冽，如同獄中寒風。

時針，分針，監視的鏡頭，全部都在無聲運作。

再說清楚一點，這個十字板隔間的工作區，坐著的四位組員並不包括薛丁格。所以我們團隊是四名組員加一名組長，組長薛丁格是我們的主管，他有獨立的辦公室。

在我的斜對面，凸出一個孔雀開屏的扇形大架，上面置放著六十台手機。一個悶不作聲的蘑菇頭男子，正在使出左右互按之術，十指就像開掛一樣，飛快應付六十台手機上紛至沓來的訊息。在黑色粗框眼鏡的後方，露出死金魚眼一般的眼神。

「小哥，我叫奎元。你呢？該怎麼稱呼你？」

我主動向蘑菇頭打招呼。

沒想到他正眼不看我一眼，只是冷冷地說：

「飛田、聖代。」

「啥？」

「聖代是一種冰淇淋。サンデー（SANDEI）嗲嚇吶。」

「所以你全名是飛田聖代？你是怎麼來到園區的？」

飛田聖代漠視我的問話，只是微微點了點頭。

陰陽怪氣的傢伙！在我眼中，他是個明明不像日本人，卻一直冒認是日本人的怪人。

達叔忽然插話，怪腔怪調地說：「奎元哥，他的身世很可憐的，拜託你不要追問下去。」

第一天上工的第一個小時，我就知道同組的同事都是一堆怪人。

唯一看來正常的茹素，當她使用影印機的時候，不時都會喃喃自語：「你又卡紙啦？我對你好失望！」、「拜託！幫我印出這一頁。乖乖啦～」

除了這邊，我也暗中觀察其他小組的情況。出乎我的意料，這裡的工作環境瀰漫著歡樂的氣氛，奴工都好有活力，上班的心態比一般打工仔更加積極。奴工們嘴角牽起的笑容，甚至令我認為他們真心熱愛這樣的工作。

為甚麼會如此詭異？憑我心理學系畢業生的頭腦，我肯定詐騙集團一定施展了「洗腦」的手法。

雖然在我當上班族的時候，我也常常對著電腦假裝勤力工作，但這一刻我真的不知道要幹甚麼。

初入園區，我被迫上了連續二十四小時的培訓課程，但學來學去都是一些跟阿姨和阿伯聊心事的對談技巧，要不然就是瘋狂寫作文，題目為「**三分鐘編出一個感人肺腑的癌症故事**」。

薛丁格終於出現，他指著茹素，對我說：「新來的！你是塊白板，今天第一次下海，請你跟著茹素，好好學習行騙的第一步，學一學如何下鉤，篩選有潛質的韭菜。」

我皺著眉問：「茹素？她不是也是新人嗎？她說她上週才來報到⋯⋯」

薛丁格用力拍我的肩膀，笑呵呵道：

「英雄莫問出處，騙才不問年資，我們這邊都是這樣帶新人的。別小看茹素，她上手很快。記著！養是下鉤，我們組就靠你和她找客戶。」

既然組長出口成章，句句鏗鏘有力，我只好依從他的意思，拖著活輪式的電腦椅，繞到了茹素的工作區。

我始終不忘本來的使命——我是國際刑警組織派進來的內應。知己知彼，可以提高任務的成功率。雖然茹素在我眼中是個白痴，我也決定向她虛心學習，認識一下詐騙集團的撒網手法。

「首先，我教你寫email……」

茹素露出親切的笑容。

「您好，親愛的好心人……」

茹素對著螢幕，唸出輸入的文字：

「我來自中東，一個富到流油的國家。我的爸爸是這個國家的國王，我是他最疼愛的公主。以前我住在城堡的時候，浴缸都是金條做的，室外的游泳池養了企鵝……」

聽到這裡，我已經鬆掉了下巴。

「妳……寫成這樣，會有人相信嗎？」

面對我的質疑，茹素堅決點了點頭，繼續盯著螢幕打字。

「最近我遇到一點小小的、但很頭痛的麻煩。嗚嗚！我的父王受騙，將王國捐給了假冒的慈善機構。更不幸的是我的哥哥都在車禍中死光了，誰叫他們太愛玩跑車！車子上鑲了太多的鑽石，不小心閃盲了對頭車。現在，我成為第一順位的繼承者……」

我終於忍耐不住，指出文章最大的破綻：

「中東公主為甚麼懂得打中文？」

茹素動了動腦，用台灣腔的娃娃音回答：

「現在都有 A.I. 自動翻譯嘛！」

真有她的道理……我居然無法反駁。

茹素咬了咬手指，這副沉思加上挺起胸脯的模樣，令我產生了遐想，覺得她很適合當某些電影的封面女郎。

現在是上班時間，我的注意力不該投放同事的身上，而是要專注在工作上面——雖然我是潛進來的內應，但本人敬業的本性，令我也想做好詐騙奴工的表面工夫。

隨著「噠噠噠」的打字聲，茹素喃喃自語：

「有緣人哪，如果你有看過《權力的遊戲》，你就會明白我的處境就像故事中的龍母。由於當時處境太危急了，我沒帶錢包就逃了出來。現在，為了證明我的皇家血統，我需要一點點、一點點就好……大概跟你買一張機票的錢差不多，來支付申請官方文件的手續費。如果你願意幫我這個忙，我的回報是一公斤的金條，拜託盡快回覆，別讓其他人捷足先登。我本人只有一個，以身相許的對象只有一個呢～」

沉默是我唯一的反應⋯⋯我自問是個理性的人，這一刻難免湧起一拳揍向螢幕的衝動。

不知甚麼時候，組長薛丁格又過來了，站在我和茹素的後面。當他看見螢幕上跳出的一行行文字，竟然大聲拍手誇讚：「這封email寫得很好啊！茹素，妳果然是吃這一行飯的人才。奎元，你跟得上嗎？」

那一刻彷彿只有我不在狀況內，像個傻瓜一樣愣住。

「組長，這麼鬼扯的故事⋯⋯你確定可以用來騙人？」

薛丁格露出銳利的眼神，與我對視。

「你說啊，我給你安排的工作是甚麼？」

「呃⋯⋯尋找潛在的客戶？」

薛丁格用力點頭，振振有詞地說：

「甚麼是潛在的客戶？不就是笨蛋嘛。聰明人不容易上當，我們要排除他們，別對他們浪費時間。反過來說，會因為這種瞎故事上鉤的人，將會成為最好騙的肥羊！」

這番話有如醍醐灌頂。

有道理啊！

換而言之，我們組就是以茹素的智商為標準值，向著茫茫的人海撒網，以逸待勞引誘一條條笨魚自投羅網。

人多必有白痴，不過白痴也有層次之分，茹素是被男朋友出賣才來到了園區，比她更笨的人一定是真正的弱智。被騙並不是最可恥，最可恥是被白痴騙得團團轉，即是說受騙者的智商連白痴也不如。

當茹素完成email，便轉傳給達叔。達叔嫌內文太過完美，沒有錯字，於是故意將幾個正字改成錯字。最後經過薛丁格的確認，email 便進入公司的雲端郵件伺服器，排程發送給數以億計的收件者。

詐騙集團也是集團，人力資源也是有限，最大的成本是時間。「願者上釣」這一招的確高明，詐騙人才善用現代的通訊科技，創造出成本極低、效率奇高的釣魚手法。

我不時觀察周圍，這裡的管理相當現代化，派給我的員工訓練手冊，甚至標示著 ISO 9901 的認證。如果不是在做邪惡的勾當，我差點以為自己在大企業上班，像個新人一樣配合團隊作業。

哎！

都怪我在大前晚中計，來不及接觸國際刑警組織的同僚……在工作的時間，我一邊摸熟園區內部的運作，一邊尋找與外界聯繫的方法。

集團的電腦人才也太誇張了吧？居然獨立開發出作業系統，我暗自帶來的破解軟件等於沒用。

正當我發愁之際，辦公室響起了詭異的音樂。

叮叮——嗶叭嗶叭嗶叭！

嗶叭嗶叭嗶叭！

那種刺耳的鈴聲就像遊戲中大 BOSS 出現的前奏。

人人都停掉手上的工作。

我轉頭向著達叔，慢慢湊過去問：

「這是甚麼回事？」

達叔沉著臉說：

「四大獄長來了！」

LEVEL 04

メ

辦公室裡刺耳的鈴聲結束了。

達叔離開電腦椅站了起來，對我露出神秘的怪表情。就像在吐露公司內部的機密，達叔湊近我的耳邊，像個八卦婆般說道：

「四大獄長是整個園區高層的BOSS。園區有四棟大樓，每人鎮一棟，但全部員工都歸他們管……你要是惹到了他們，唉呀媽耶，你一定死無全屍咯……」

我的腦瓜子發出「咚」的一聲。

死無全屍？難道說……我心裡浮現出極為恐怖的死法，大大違反人類的道德底線。

「喂！上天台集合啦！」

隨著薛丁格一聲令下，我們小組放下手頭的工作。同層辦公室的奴工都是一樣的動靜，分成四組排隊，大約二十來人，一一走向通往天台的防煙門。這種鴨子式前進的情景，令我回想起讀書時的消防演習。

防煙門平時是緊閉的，門上貼著《丁丁歷險記》這部舊漫畫的海報。

「幹嘛要上天台唷？」

茹素一臉懵然，她也是第一次經歷這樣的事。達叔擺擺手，飛田聖代打呵欠，兩人都懶得解釋。我們連同組長級人馬，浩浩蕩蕩上去天台。經過防煙門的時候，我注意到推桿上的電子大鎖，內外牆上都有感應器。

——**要有權限的人才能開門吧？**

如果我的猜想沒錯，隨便打開大門的話，必定會響起警報。由被拐到園區的一刻，我就在苦思逃脫的方法。園區為了挽留人才（!?），採取了極嚴密的監視和禁閉措施，就像我們所穿的螢光黃制服，這種鮮豔奪目的程度，哪怕是弱視的人都能遠遠看得見。

國際刑警要求我營救的對象，全名是**莫明**，小明的明。

第一次看見這名字，我很想加上「其妙」兩個字。這個人是有美國籍的香港人，關於他的背景資料，我已牢牢記在腦裡。在起行之前，我委託了相熟的紋身師傅，將莫明的正面頭像紋了在我的大腿內側，確保失憶也不會認錯人。

後樓梯塗抹著鮮豔的色彩，上面的牆是綠色，下面的牆卻是紅色，紅綠對撞，如同厲鬼大嬸化妝，整個感覺怪誕不經。我很好奇樓下各層的牆色是否不一樣，但南亞裔的警衛在旁瞪著，根本沒有脫隊的機會。

往上一層，便是通往天台的出口。

天台四側竟然豎起鐵絲網，最大的範圍鋪設人造草皮的籃球場，彷彿是水泥大樓上的一片神秘綠洲。

哇！籃球場已站滿了人，密密麻麻，就像分班一樣分行排隊。

我粗略估算，這裡大約有三百多人吧？人人都穿著一樣的黃色制服，應該都是這一棟大樓的奴工。我的目光沿著一張張面孔搜索⋯⋯哇塞！太多人了，就算我記得莫明的長相，也很難在人海中找出他。

天空是詭異的天色，竟然有魔幻的感覺。

既然站在天台，我當然要把握機會，觀察園區四周的地形和設施，思考逃出去的方法。迷濛的沙塵中，除了園區的四棟大樓，都是一片荒涼的景觀，可見此地遠離都市，偏僻得令人絕望。

逃跑行不行？外圍都有圍牆，還有持槍的警衛，直接逃跑絕對是自殺的行為。

報警？以我所知，詐騙集團都跟軍警勾結，上了警車，警察只會送你回到園區領獎金。

最容易離開園區的方法，本來是付贖金，可是我在入園的時候，已經見識到這一招行不通⋯⋯現在缺人手，園區的主管「求才若渴」，好不容易抓到人進來，當然要榨乾這個人的價值。

吔、吔！

一陣喝彩聲打斷了我的思緒。

籃球場的長側有一個貨櫃箱，旁邊加了樓梯，櫃頂變成一個有玻璃圍欄的看台。

場側的揚聲器播出女聲：

「請大家鼓掌——閔大人！」

一名高瘦的男子在看台上現身，他向著我們這邊揮手。他的打扮疑似是韓服，沉穩的深灰色，長袍及地。我心目中的獄長是兇巴巴的，但台上的閔大人笑容可掬，贏得一片親民的呼聲。

這種愛笑的人最是陰險⋯⋯我就是有這種感覺。

不知身處何方的女司儀又再喊話：

「有請——米祿大人。」

接著上台的獄長竟是個小白臉，也是有違我的想像。

他的皮膚很白，微微鬈曲的黑髮略帶光澤，俊美的面容宛如成人版的邱比特——不過他沒有光著身體，而是穿著若隱若現的白色上衣。

這個叫米祿的傢伙口齒伶俐，油腔滑調打招呼，按著玻璃圍欄說話，聲音傳進每個人的耳中：

「嗨！我倒數三聲，大家一起喊出靈魂口號！三、二、一！」

籃球場上的奴工有默契的齊聲高喊：

「精密布局，行騙天下！貢獻腦汁，智取人心！」

我想起來了，某國的勞工在開工前，都要集隊叫口號和聽訓話。

當人人靜了下來，司儀才繼續發言：

「鍾九大人——歡迎您——」

第三位出現的是個皮膚黝黑的肌肉型大漢，又高又寬又壯，身穿墨綠色的健身小背心。大漢滿面鬍鬚，全身多毛，頭髮亂糟糟，露出怒氣沖沖的目光——他最有典型獄長的樣子和氣勢。

此人的皮膚真的黑得反射陽光。

「那個黑鬼是外國人嗎？」

茹素的聲音清晰傳入我的耳中，她站在我的正前面，這番不敬的話恐怕會傳入旁人的耳中。正當我擔心笨蛋會招來橫禍，沒想到達叔竟然回應：「他跟妳一樣是台灣人咯！黑旋風是他的外號，有些人會直接叫他黑鬼鍾九。」

黑鬼鍾九？我皺了皺眉。

「最後，有請——莫明大人！」

穿著黑色西裝的男人現身，短袖褸底下的襯衫是鮮紅色。

最後這位出現的獄長……

那張臉……

我一眼就認出來了，那人竟是我要找的莫明！

莫明穿著貼身的西裝亮相，當他站近貨櫃高台，場上的奴工終於看清楚那張稜角分明的冷臉。

短袖西裝紅襯衫，凌亂側分的油頭……

這個比中年人年輕的大哥，肖似黑道中人的狠角色。

莫明的鷹眼是很明顯的特徵，就算我沒揭開短褲看大腿上的肖像，心中也立刻確信：「他是我要尋找的目標人物！」再加上司儀喊出的名字，我心中再無置疑。

莫莉要我營救的人是叮叮園區的獄長？

我背脊發涼，終於認清了事實：「我真笨！甚麼國際刑警都是鬼話！一切都是誘騙我進來園區的幌子。」

最容易受騙的一種人，往往是自以為不會受騙的聰明人。

只怪我自作聰明，錯信了莫莉這個陌生人，她是負責招募員工的獵頭……最初收到的十五萬美元，如果是用來買我的命，那我這條命實在太廉價了。

司儀也上台了，她是個嬌滴滴的女生，穿著性感的露臍裝，肌膚是病態的蒼白，銀白色的頭髮竟然長得及腰。

「莫明大人，人人皆知你明察秋毫，從來沒有人可以瞞過你的眼睛。大人喲，現在請你發表開場白，激勵一下集團上下的員工！」

語畢，司儀將另一支麥克風遞向莫明。

莫明沒有立刻開腔，而是以銳利的目光掃視著全場，片刻的沉默凝聚了所有人的注意力，四周的氣溫彷彿驟降，變成了幽深的寒潭。

「這棟大樓的人 —— 即是你們 —— 全部來自亞洲。我們最喜歡在亞洲招募人才，你們知道為甚麼嗎？」

全場悄然，眾人面面相覷。

就像身處亞洲的課室，沒有人主動舉手回答。

莫明直接回答自己的問題，吶喊道：

「因為亞洲人的血液流著奴隸的DNA！」

這番喊聲響遍全場，明明是嘲諷的說話，卻在我的心中響起了共鳴。

「我們需要的不是人才，而是奴隸。或者說，奴隸就是人才。在園區生活，好像失去了自由，但你們在原來的世界又何嘗不是呢？你們勞碌一生，結婚生子買房子，聽老婆的話，聽老闆的話，甚至要還兒女債。辛苦一輩子，最後你們可以帶走甚麼？最後，證明了你們一輩子只是一個奴隸！」

OH MY GOD……怎會這樣的？這位獄長的訓話，竟然說到我的心坎去。

莫明又以激昂的聲音說下去：

「最大的騙局是甚麼？最大的騙局是整個社會制度，那些由有錢人定立的金融秩序。現在，你們來到這裡，就是獲得翻身的機會，你的努力都會得到真正的成果，你本來窮賤的命運也會因此改變。」

這番話說得大義凜然，立刻贏得滿場的掌聲。

莫明簡直是個精於煽惑人心的政治家。

「我們不是做詐騙，我們只是根據每一個人的智商，來重新分配有錢人的資產，抽出與他們智商不匹配的那部分財富！我們都是劫富濟貧的羅賓漢！與原來的世界不一樣，我們園區賞罰分明，比你們活過的社會更公平。業績的分紅，都會自動存入你們在園區的帳號，將來賺夠了，你們就可以風流快活，擺脫奴隸的命運，過上財富自由的生活！」

貨櫃上方，莫明瀟灑往後丟走麥克風，代表他的講話已經結束。

台下忽然有一群小混混回應：

「有功必賞，有罪必罰！詐騙成功，窮人翻身！」

莫明笑著橫舉雙手，全場奴工一呼百應。

如雷貫耳的呼聲，彷彿要將屋頂掀翻了。

哇！我在心裡喝了一聲暗采，這個莫明大哥才是最頂級的騙徒，只用短短一席話，成功將在場的奴工洗腦，正當化和合理化詐騙的行為。會來這裡的人都是社會上的失敗者，他們大都仇視有錢人，只要價值觀與這個園區的頻道一致，他們都會賣心賣命的工作。

這是暗黑心理學的極致啊！

叮叮園區的BOSS，比心理學博士更熟悉人性。

莫明、黑鬼鍾九、閔大人、米祿……這四個男人是叮叮園區的四大獄長，掌管著我們每一個人的小命。

接下來竟然是頒獎的環節，五個奴工站在貨櫃旁的鐵梯，聽從性感女司儀的喊名上台。

首名得獎者是來自五樓的奴工。

「我叫吳安樂，籍貫寶安，本來的職業是保安。我來叮叮園區的第一個目標，就是要賺到人生第一桶金！因為得獎，我晉升為組長，只有小學畢業證書的我，真的沒想過會有這樣的一天！謝謝園區、謝謝獄長、謝謝每一個陪我奮鬥的組員⋯⋯」

天呀！這個一副賊相的禿頭男人，被洗腦得相當徹底。

當吳安樂說完感言，台下眾人發出狂熱的掌聲。在無數羨慕的目光之中，吳安樂由閔大人的手中接過獎狀。

獎狀？

我揉了揉眼，再看清楚，原來是一張一百萬美元的巨大支票。

雖然我一早知道詐騙很好賺，卻沒想過這麼誇張，分給奴才的贓款居然也有這麼多⋯⋯在正常的社會，這麼慷慨的大企業就像日本製的壓縮機一樣稀有。

黑鬼鍾九看來最不會說話。

即使不說話，他只是板著臉站著，露出黑得發亮的肌肉，已經散發出威嚴的強大氣場。

米祿長相俊美，根據我旁聽回來的情報，他是馬來西亞人。我看新聞也略有所聞，這邊的高層都是台灣人和馬來西亞人，至於是甚麼原因，恐怕只有天曉得了。

忽然，米祿站了出來，語氣亢奮地說：「今天集會，除了頒獎，我們是要帶來一個重磅的好消息——」

米祿笑咪咪瞧著閔大人，再微微轉身，說下去：

「閔大人即將金盤洗手退休，我們要從你們一眾詐騙人才之中，選出他的繼任者。我宣布，園區將會舉辦選拔獄長的**頂尖騙徒挑戰賽**！參賽隊伍以五人一組為單位，直到十月三十一日那天，全園區未來兩個月業績優異的團隊，都會獲得參賽的資格！」

此言一出，群眾間爆發一連串譁聲，我的耳朵快聾了。

頂尖騙徒挑戰賽？這是甚麼回事？

沒想到我剛來到園區，就遇上這麼奇怪的大事。這幫人將詐騙當成遊戲來玩，從而減輕害人帶來的罪惡感。

我觀察一眾奴工的表情，他們的雙眼都閃閃發光。

那是對金錢的貪婪？還是對權力的渴望？

園區如同一個獨立的王國，在這裡當獄長，地位如同國王一樣。

我佩服得五體投地。

昔日在X大學的時候，我修讀過一門叫「暗黑心理學」的秘密課程。在其中一堂課，教授解釋過洗腦的原理：

「要成功洗腦，首先要營造封閉的環境，切斷受害者與外界的接觸。下一步是要摧毀心靈，例如逼使受害者熬夜，不讓他們睡覺，正常人就會累得失去判斷力……」

回想期間，我閉上眼，教授的聲音如在耳邊：

「最後，也是最重要的一步，就是施加群眾的壓力，即是所謂的『羊群效應』。在團體裡面，團體的信仰會成為個人的價值觀，一個人的意志力再堅強，也很難抵抗隨波逐流的巨浪，漸漸就會消失自我。很多邪教組織和傳銷集團，都是這樣運作……」

如今，置身園區大樓的天台。

我一睜開眼，就看見數以百計狂熱的騙徒。

莎士比亞說過——成功的騙子，不必再以說謊為生，因為被騙的人已經成為他的擁護者，旁人再說甚麼也是枉然。

就在我的身邊，組員飛田聖代竟然有感而發，低聲溜出一句話：

「大家都是自願成為奴隸的。」

我怔怔地看著蘑菇頭，認為他說的沒錯。

因為我也是其中的一員。

熱詐進行曲

【大肉】

具有高經濟價值的目標對象。這類人財力雄厚、防備心低，或在情感上容易被操控，因此成為詐騙集團重點宰殺的羔羊。

【唐僧肉】

每個騙徒都垂涎的冤大頭，這種目標對象短時間上當又極速奉上金錢，對詐騙集團來說是最理想的受害者。

LEVEL 05

8

好心不吃唐僧肉

二〇二四年九月四日。

這是我在園區當奴工的第三個星期。

上班模式是「997（朝九晚九，每週工作七天）」，沒有任何假期，經常還要加班，沖淡了我對週末的概念。莫莉果然是騙子，沒派人跟我聯絡，我已經認清了現實，不再指望有甚麼特工部隊潛入園區救援。

「損人利己，唯一真理！行騙吸金，至死方休！」

隔壁的團隊很喜歡高喊口號。

沒有月分，沒有星期，全年無休，三百六十五日都要做詐騙，這就是奴工在園區的生活。

「殺殺殺！騙到手了！耶！」薛丁格大力拍落達叔的工作桌，嚇了我一大跳。隔板對面的飛田聖代竟然毫無反應，依然沉默寡言，從早到晚都在以極速操作手機，真奇怪他的手指怎麼不會抽筋。

「總共騙了多少？」我好奇問一問。

這次要「殺」的對象是個退休老人，他是我用投資騙局釣回來的受害者。

「不多不少，剛好是一千萬！」薛丁格咧嘴大笑。

我心頭一震——只不過三個星期，就騙到了一千萬？這一千萬的單位是台幣，以四萬元的月薪來算，大約等於二十年的工資。老人家是我經手的個案，我知道他只是一般的公務員，這筆錢應該是老人家一輩子的積蓄，即是俗稱的「**棺材本**」。

只是三星期的時間，就騙光了一個人畢生的努力成果，這已經不是暴利這麼簡單，而是全地球最好賺的偏門生意！

我壓下心中的內疚感，繼續默默工作。

這段日子，我發現詐騙原來很容易成功，遠比想像中容易成功。人性果然是愚蠢的，充滿了弱點和缺陷。即使是高職位和高學歷的人士，都會掉入一些弱智詐術的騙局。有次我跟薛丁格去抽菸，很記得他那番教誨：「你看看 IG 上的魔法店，賣甚麼強效愛情魔法，又賣甚麼詛咒仇人的黑魔法，全部都有市場！他腦袋有問題啊！這個世界是多麼的可笑，有些傻Ｘ就是天生註定要被騙。」

要操縱人心，無非是「**貪念**」和「**恐懼**」兩種餌料。

每個人都會有糊塗之時，所以每一個人都有機會上當受騙。

「茹素，麻煩妳檢查帳戶。」薛丁格繞到另一邊。

「有！收到錢了。」茹素舉手回答。

茹素現在負責操作網上銀行，多虧了通訊科技，哪怕身處外太空，只要可以連線上網，就可以操作台灣的人頭帳戶。

唉！我心想又有傻Ｘ上釣了。

願意花一萬塊參加網上投資講座的笨蛋，他們都低估了這一萬塊的損失，殊不知自己已咬住了上釣的魚絲線。

——**只要有辦法由一個人身上騙走一萬，就有辦法由他身上再騙走一千萬。**

這是詐騙界的名言。

在心理學……不，應該是經濟學，沉沒成本是不可收回的成本。一個人在做出決策時，往往會受到沉沒成本的影響。例如買股票和賭博，看見了虧損，卻選擇加碼跟注，希望可以挽回損失，結果輸到腸子也悔青了。

入了園區，我發現這裡的奴工都是自願的。

要在園區活下來，就要證明自己對園區有利用價值。

就跟一般上班族一樣，在這裡上工的奴工，只是把詐騙當成一份工作，淡化謀財害命帶來的罪惡感。不問學歷，只問業績，這個園區專門回收社會上的失敗者，給他們翻身的機會，而且可以逃避刑責——在這片黑暗的土壤，邪念之花都會失控的盛開。

「我不想害人，卻不得不做。」

每個受到壓迫的奴才，都有替自己開脫的理由，自欺欺人到了極致，就是徹底活在謊言之中。

聽說園方都會守信用，派給奴工巨額的分紅。假如是真的，這裡真的有人可以月賺千萬，登上公司榮譽榜的「千萬圓桌」。

園區的貨幣叫「斯堤幣」，園方標榜直接與美元掛鉤，就跟香港的聯繫匯率一樣。我覺得，詐騙園區最高明的一點，就是操縱了奴工的心理，整個園區同樣是個大騙局。

因為頂尖騙徒挑戰賽的特別活動，這兩個月賺的業績，分紅可以加倍。

有人說，四大獄長的年薪極為誇張，不輸世界級巨企的行政總裁。所以各層的組長們都紅了眼，用盡狠招督促下屬，渴望成為獄長閔大人的繼任者。

「薛組長雖然像個痞子，但他為人有夠慷慨，不會虧待我們的……」

對達叔來說，叮叮園區是他的天堂。

他強調，他是自願留下來的，並不是單單為了錢而工作。他常常說等我收到了斯堤幣，就要帶我到樓下的六樓喝花酒。像現在這一刻，我倆靠著隔板休息，他又提起自己在六樓的快活經歷。

「你不是仇女的嗎？」我向達叔問。

「是咯。我在現實世界，連女人的眼睛也不敢看。但我來到這裡，發現女人都是投幣機器，只要付夠錢，她們都會執行指令！」

我的雙眼瞇成直線。

達叔湊過來，壓低聲線說話：

「呵！不誇張，像茹素這種姿色，她在六樓只是下游的貨色。」

「不會吧？她算不錯吧？這樣也只是下游？」

相處了三個星期，我開始對茹素有好感，辦公室有她這種「傻白甜」的女同事，也是一種養眼的視覺享受。

「有錢能使鬼推磨，園區高薪由各國挖角回來的美女，都是模特兒的級數！」

達叔舔著舌頭說話，狀甚猥瑣。

我的釣魚對象剛好上線，便滑動電腦椅，滾回自己的工作區。

聽說達叔以前在其他公司做編程員，他會在程序碼中加入 BUGS，自編自導自演突發的故障。不是這樣做的話，恐怕公司會把他當成冗員，裁掉整個無法證明價值的信息技術部門。

可是，來到叮叮園區就不一樣了，達叔彷彿找到了人生價值，工作態度變得相當積極。

唉！要控制男人，只需要一把叫「色」字的刀。

飛田好像對女人沒興趣，他在網上演繹的角色卻是花花公子。他好像對男人也沒興趣，在這三個星期，我和這個蘑菇頭的對話沒超過三句。

趁著達叔伸懶腰休息，我又滑近他的工作區，乘機套話：「我們工作可以使用通訊 APP⋯⋯這樣不是可以和親友聯絡嗎？」

「千萬不要這樣做。系統有監控功能，會自動偵測你輸入的敏感字。」

「公司監控員工的所有訊息？好變態的控制慾！」

達叔翻了翻白眼，指著我這邊的螢幕。

彈出了警告訊息：

「警告：不准講公司的壞話！」

原來不只是訊息，連員工之間的對話，居然也受到了監聽。

達叔又低聲向我叮囑：「中央天網部的系統工程師，他們都比我更厲害，就像暗影帝國的魔法師咯！」

這一點我認同……雖然這個比喻頗為中二病。

除了心理學的應用，我在園區也見識了高科技的黑暗應用。詐騙集團已經利用 A.I. 來開發新時代的詐術，造出一套多功能的「欺詐引擎」。只要別人接電話講話，系統隨即錄音，盜錄一個人的聲紋。還有只要匯入足夠的名人影片，便可以在視訊通話之中假冒名人的樣子，真作假時假亦真，這就是園區正在研發的「幻象工程」。

到了下午，那個被騙一千萬的老人家，終於識破了是騙局，打電話來哭哭罵罵。有用嗎？當然是白費唇舌。

薛丁格一掛線，立刻向達叔下令：

「達叔，你有他的 IP 地址吧？快針對他所在的區域，瘋狂投廣告……廣告費投個五十萬吧！別讓其他組捷足先登。」

這一招稱為「二度詐騙」，現代人遇到困難，只會藥石亂投上網搜索，卻恥於向朋友開口求助。這時候，受害者看見詐騙集團刊登的廣告，例如「反詐騙律師團隊」，通常都會極容易上當，再被扒走一層皮。

詐騙集團利用受害者的個資，進行精準的詐騙，比任何客戶經理更深入了解受害者的一切。**對這種反覆受騙的**

受害者，園區稱其為「韭菜」，像韭菜一樣割了還會再長，長了又會再被割。

夭壽喔！真是罪過。

我抬起頭，瞄見茹素由廁所回來了。

她的雙眼紅紅的，儘管她有所掩飾，我還是發現了。

為甚麼哭？發生甚麼事啦？

茹素緊緊摀住嘴，假裝專注盯著螢幕。根據牛叔的球體運動定律，質量愈大，晃動愈大，胸口的起伏豈會逃過我的雙眼？

我自問是情場上的忽必烈，最了解女人心。

「喂……茹素，我在家鄉的鄉民論壇很有江湖地位！妳把前男友的照片給我，我放上討論區集體公審，還妳一個公道！」

「甚麼？我不懂你的意思。」

「妳哭，不是為了出賣妳的男友嗎？」

「那個爛人，我才不會為他哭呢！」

茹素指著螢幕，明顯是「叫我過來看看」的意思。誤會一場，我尷尷尬尬繞到隔板的對面。螢幕顯示網上通訊的對話框，最上層的對話框是茹素正在聊天的對象，頭像是一家三口的合照，看名字應該是男人。

我定眼一看，默唸十分鐘前的訊息：

「你們的標靶藥是不是下個月發表臨床成果？會不會立刻上市？我上去你們的官網看過，以色列的醫療技術世界一流！有你們開發的新藥，我女兒有救了！」

一看，我就明白了，這個笨爸爸極速受騙，跳過養和套的過程，直接奉上巨款。他和老婆因為網上廣告上鉤，茹素偽裝成藥廠的人，欺騙他們說有內幕消息，這對夫妻為了籌醫療費，輕易相信了認購股票的謊言。

東南亞不缺廉價勞工，只要行騙專員提出申請，園區都會委託廉價設計師製作詐騙的網站和商品型錄。像這種醫療騙案的PDF，摻雜左抄右抄的免疫療法說明，以假亂真，真的可以騙倒一般人。

用園區內部的黑話來說，殺豬盤分為三種等級，分別是**小肉**、**大肉**和**唐僧肉**。這對夫妻是可遇不可求的冤大頭，即是最美味的唐僧肉，簡直是有腳送上門的金磚金塊。

笨爸爸還用訊息分享癌病女兒的照片，背景是醫院的病床。小女孩的頭上包住繃帶，看來大約是六至八歲。

「太好了。股票一升，我籌得到女兒的醫藥費，就可以用來買你們開發的新藥。謝謝你！你們好偉大，是我們一

家人的天使！」

我在心裡歎息了一聲。

如同餓暈的魚看見誘餌，絕望的人最容易受騙。

茹素傻乎乎的，竟然去向薛丁格報告這件事。

「別信他！他只是在騙妳的同情。」

薛丁格嗤之以鼻，又冷冷地說：

「一千萬是大數目！加上這筆錢，我們組的業績有可能衝上頭三位⋯⋯千萬不要錯過，妳快加把勁吧！」

「組長⋯⋯」

「妳來了之後，我們就常常釣到大肉。呵，妳是我們組的幸運星！加把勁，今晚開香檳！」

茹素碰了一鼻子灰，剛剛這番話引起薛丁格的懷疑，他一定盯得她更緊。茹素回來坐下，不懂得掩飾，直接吐露心聲：「怎麼辦呢？」

趁著剛剛的空隙，我快眼讀完網上聊天的記錄。這對笨夫妻已經把房子拿去抵押借錢，投入台幣一千萬。他們非常著急，下午三點半銀行打烊前，這個笨爸爸就會去匯款。

騙了這種救命錢，我覺得會下地獄的。

可是，我們只是奴工，在園區自身難保。

「我們不是羅賓漢，我們只是吸血鬼。」對著茹素，我無奈地說。

這不是劫富濟貧，而是對苦命人殘酷的剝削，吸乾他們人生的最後一滴血⋯⋯搞不好這對夫妻受騙之後，會痛苦得想不開，全家鏟泥齊樹葬。

「韭菜割不盡，春風吹又生！」

隔壁團隊的組長開香檳噴射，辦公室溢滿他們的歡呼聲。

就在這片訕笑聲之中，我感到很可悲——這幫受困園區的奴工，露出人性扭曲的嘴臉。別人的不幸，對他們來說是成功的原料。受騙者痛不欲生，他們卻在這裡慶功，沒有絲毫內疚感，但見騙徒笑，哪聞傻豬哭？

被騙是活該？錢已進口袋，喝香吃辣，燈紅酒綠。

倒楣鬼的死活？他們落石下井，不僅騙光人家的財富，還要再剝一層皮，將人家迫上絕路。

我忽然看不過眼，趁著薛丁格上廁所，湊近茹素的耳邊說話：「我現在幫妳聯絡這對夫妻⋯⋯別怕，妳甚麼都不要插手。妳要裝作毫不知情，有責任由我來揹。」

不管茹素有沒有會意，我拿走桌上的手機，打開綠色圖標的通訊軟體，自動登入帳戶。

我們這些奴工受到嚴密的控制，成員之間互相監視。即使是同組的達叔和飛田聖代，我也懷著防範之心。辦公空間一側有四個「電話亭」，內設隔音海綿和綠色幕牆，我們有需要和受騙者通話，都會進入這邊的隔間。

上方有監視器，我背著鏡頭，角度恰好遮住手機的螢幕。我是做徵信社的，不用猜也知道，這個隔間一定有監聽的錄音設備。

向笨爸爸暗示騙局的真相？這種人泥足深陷，對他發出暗示也沒用的，他自欺欺人問長問短，只會東窗事發。

向警方報案也來不及了，就算銀行將人頭帳戶列為警示帳戶，匯款也早就轉匯到國外。

我想到的唯一方法是點醒當事人，直接向他承認我們是騙徒。

一旦失手，我會受到慘無人道的懲罰。

語音通話接通了。

「張先生，這次內部認購是千載難逢的機會，我們非常感激你的信任，很多高回報都是詐騙手段，不像我們集團靠科技創造奇蹟。我們這個炸裂的投資項目，絕對讓獲利如雪片般滾滾而來。你要相信我們喔！」

在通話的過程中，我適時按下靜音的按鈕，如無意外，另一端會聽到這樣的口訊：我們……是詐騙……集團。我們……炸片（詐騙）你喔！

就算電話亭裡有錄音和錄影，我應該也可以瞞天過海。

通訊結束，我佯裝若無其事回到工作區，將手機放回茹素的桌面。對著茹素疑惑的眼神，我只是眨了眨眼，沒有多說甚麼。

不久，螢幕彈出與手機同步的訊息：

「你們是詐騙集團？」

以茹素的智商，回覆一定錯漏百出。可以幫的，我已經盡力幫了，那對夫妻還是中計的話，那就真的不該在這地球上生存。

當茹素看過來的時候，我搔著頭回應：「沒理由的。我剛剛明明沒說錯話，不可能露出馬腳吧……」

迫於無奈之下，茹素去向薛丁格報告。

「爆機！怎會這樣的？」

薛丁格氣得摔鍵盤。

全組炸了鍋，煮熟的鴨子飛走了，達叔和飛田都保持沉默。

雖然我裝瘋賣傻，但還是主動道歉，替茹素揹鍋。做詐騙就是這樣，臨門收網失敗是常有的事。我自問處理得很乾淨，薛丁格再不忿也好，最多也只是諉過於我，難不成抓我去毒打一頓嗎？

可是，我失算了。

當晚放飯前的時間，一隊打手浩浩蕩蕩由電梯出來，衝著我們這一組的方向而來。

我心裡一凜，根本來不及應對，兩個打手已扣住我的胳膊。滋滋！一陣電流衝擊全身，肌肉瞬間痙攣，變得像斷了線的木偶。

「畢奎元，我們天網部發現你背叛公司的行為。你這個新人好囂張啊，真是膽大包天——你死定了！」

吼——！

又再觸電的瞬間，我眼前一黑，腦袋就像被拔掉了插頭，只剩下一片空白的嗡鳴。

就在眾目睽睽之下，我被押走了，送往人稱「銅柱房」的酷刑室。

LEVEL 06

差點死在停屍間

銅柱房表面上只是某個普通的小房間。

房間似乎連接大樓的中央空調系統，正中央豎立一根銅色的柱。

一面是加熱的銅片，另一面是工業級冷氣的出風口。

記得小時候做過的科學實驗，將雙手放在熱水中，再放到溫水中，浸過熱水的手竟會發生冰冷的錯覺。

冷熱交替的溫差，可以欺騙感官，熱的愈發熱，冷的加倍冷。

銅柱房的懲罰原理也是一樣，不再是單純的灼燙，極寒之後貼向熱烘烘的銅柱，彷彿由九重天墜落火山，令我體會到生不如死的十級痛楚！銅柱的表面並不光滑，布滿細密的紋路和凸點，就像某護膚品牌的塑膠保護套，這種設計也是為了更深層次的折磨。

一時冰涼刺骨，一時焦烙焚膚，再加上房間播放的九流藝人走音歌聲，徹徹底底令我精神分裂。

「嗚啊——」

滿室的回音都是我痛苦的吼聲。

好心，果然是沒好報的。

「早知道不要救那對笨夫妻……」

後悔的念頭一再在我昏沉的腦海出現。

三名打手冷眼監視我，我像一灘爛泥，要不是受縛的雙手卡住椅背，我根本連坐都坐不住。

房門轟開，黑赳赳的惡漢現身，我認出是四大獄長之一的鍾九。他今天竟然穿著桃紅色的小背心，第一次近看，鋼鐵般的肌肉高高隆起，令我感到強大的壓迫感，不只是瞳孔，連菊花也收縮了。

沒想到獄長會親自來審判我。

「十八樓的畢奎元，你知道自己犯了甚麼錯嗎？」

「你們不容許員工犯錯的嗎？」我反駁。

鍾九由鼻子裡發出怒哼，沒有多說廢話，直接亮出一刀斃命的證據。

天網部專用的平板電腦播出錄音：

「我們……是詐騙……集團。我們……炸……

片……你……」

這是我的聲音。

接著螢幕播出錄影的片段，原來電話亭裡有隱蔽式的鏡頭，三百六十度無死角拍攝全景。

我太大意了。

「我有冤枉你嗎？」

鍾九將我由椅子揪起來，狠狠將我摔在了地上。好誇張的蠻力！就算我不是雙手受綁，也敵不過這個壯得像水牛的惡漢。

「園區有園區的規矩，我就是這裡的判官！」

鍾九的脖子和臂肌青筋暴現，就像隨時會爆炸的輪胎。

「對不起。我知錯了。可以給我一次機會嗎？」

我很想跪地求饒，但我無力抬腿。

「二百伏特。超度三天。三天後我再下判決。」

鍾九交代了刑罰，聽起來算是饒了我一命。

大前提是要挺得住酷刑。

電擊器的電壓很低，可是連接到我身上的敏感部位，每次電擊都會產生強烈的疼痛！

天殺的！上世紀的心理學家做動物實驗，就是使用這種低電壓的電擊，不會造成致命傷害，卻會觸發肉體的恐懼刺激。貫穿全身細胞的電流無孔不入，像是無數細針扎入肌肉，這就是所謂的生不如死。

任何有人性的人，都會被電到失去人性。

為甚麼這些打手可以如此殘暴？

在飽受折磨的時候，我忽然想起有一種病態人格叫「無良症」。患有這種病症的人，他們完全不會有任何同情心。有學者說這是先天的缺陷，成因是大腦神經的傳導物質不足。也有一說是後天也可以塑造，例如塔利班的恐怖分子，從小訓練童兵殘殺，就是要埋沒一個人與生俱來的良知。

在上世紀，為了矯正精神病人，還會有切除大腦前額葉的手術，將病人變成一具具乖乖的殭屍。很不人道？當年發明這種手術的外科醫生，結果獲得了諾貝爾醫學獎。

還好詐騙園區覺得我仍有利用價值，沒有剖開我的肉體。

麻痺。痙攣。癱軟。最後是如同燒傷的灼痛感。再堅強的男人，都會因為顫慄而全身發抖。

暴虐的懲罰，就是最直接支配心靈的手段。

園區殺雞儆猴，透過正向和負向強化，便可以有系統和規模塑造出理想的奴工 —— 就跟原來的社會一樣。

囚禁我的是一間黑房，就像監獄裡單獨關押囚犯的禁閉室，幾乎沒有光線，瀰漫著糞和尿的臭味。

我坐在冰冷的地板上，倚靠著硬牆，感受不到一絲溫度。經過冰與火的折磨，我的肌膚已失去感知的能力。

天花板的喇叭，循環播放著洗腦的錄音：

「沒有道德，就不會被綁架。沒有情緒，就不會被勒索。沒有存款，還是可以被欺詐，有命就可以借貸……」

「努力不一定成功，詐騙一定有收穫！」

「人類啊！是時候覺醒了！帶給人類痛苦的是良知，別讓道德的束縛剝奪你成長的可能性……壞人總是笑得最開心！世界就是由一群無藥可救的壞傢伙組成，只有騙走他們的金錢，我們才能跟他們一樣開心……」

迴盪的話音似曾相識，像是昔日小學嚴師的苛責聲。

我躺在地板上。

真相、謊言與記憶，一一在我的腦海交織，沒有時間，往事重疊，彷彿我的人生只不過是一場夢境。

假如人有靈魂，靈魂就是意識。

彷彿從我有意識開始，我已身處在一所叫學校的監牢，每天花九個小時在裡面，再花三至五個小時去補習社。筆在紙上劃過的聲音像老鼠啃骨頭，咔啦咔啦，一題接一題，我的手變成自動答題的機械臂。

青春的淚珠掉在試卷上，所做的一切都是為了分數，填鴨式教育就是要喚醒人的奴性，埋沒獨特的個性，拔除反抗的基因。那些服從制度的乖寶寶學生，未來就是獲得高薪的員工，準時上班超時下班，願意為公司奉獻肝臟與靈魂，勞工合約等同奴隸契約。

我曾經也以為自己會走上這樣的命運。

在大學畢業與長期就業之間的兩年，我曾經去了澳洲打工度假。

雖然找不到人生意義，但至少見識過自由的天空。

一旦進入社會，就要成為大機器的一部分。

日日如是，直到老化生鏽，失去齒輪的功能。

我不想穿襯衫打領帶。

脫離了正軌之後，我從事徵信社這樣的工作。幫人？害人？我只想擺脫營營役役的人生。但，到了最後，在生活壓力的巨輪下面，我還不是為了五斗米折腰？

為了賺錢，我又做過多少不道德的事？

我們，每一個人，都是奴隸。

就算是超級富豪，他們都只是金錢和慾望的奴隸。

我不停想起回憶中那片自由的天空。

在小黑房裡，沒有時鐘，過的是暗無天日的時光。

一日三餐，只有清水和白飯。

生理和心理互相影響，天網部達到懲罰的目標，我的身心已經徹底崩潰。

突然，某一刻，刺眼的光線溜進暗屋，嚇得我緊緊閉眼。

「畢奎元，還活著嗎？鍾九大人決定再給你一次機會——最後一次機會，你最好乖乖為園區打拚，好好珍惜自己的狗命。」

兩個男人拖著我離開小黑房，雖然依然精神錯亂，但我知道回到了十八樓的集體臥倉。

奴工的臥倉位於辦公空間的隔壁。

在住宿這一方面，叮叮園區的設施比我想像中好，不是青年旅舍式的鐵架雙層床，而是膠囊旅館式的設計，分為男子和女子寢室，每間可睡十六人。

純白色的纖維板材，配有滑門，提供封閉的隱私空間。

不過裝潢再漂亮也好，這裡只不過是個高級的牢獄，困住一個個沒有自由的奴工。

那個獄長莫明說過，這棟大樓的人都來自亞洲，原因是亞洲人的血液流著奴隸的DNA。

人的本質是群體動物，就跟牛和羊沒差別，接受了飼養，就會成為任由宰割的家畜，漸漸失去反抗的本能。當你扼殺了一個人的靈魂，基本上他就跟機器人一樣，除了指令以外就不會做其他的事情。

團體負責制，即是秦朝的連坐法，簡直是奴隸制社會最有效的維穩工具。薛丁格肯定不會輕饒我，我也不知怎麼面對達叔、茹素和飛田聖代。唉！就算我苟延殘喘，日後也會有不少苦頭。

幸好我的臥鋪在下層，不用爬上去。

奴工之間常將臥倉戲稱為「停屍間」。

對我這個奄奄一息的人來說，這個名稱顯得格外的諷刺。

我頭痛欲裂，也許狹窄的倉格會變成我的停屍間。

很快，我便昏睡。

一睡，也許不醒。

睜開眼，第一眼看見的是光芒，竟然是茹素俏白的臉龐。

她淚光楚楚，看著我醒過來，下撇的嘴角化為高興的笑紋。

這個女人笑起來有酒窩。

很好看。

「咻……咻……」

我只能發出嗚咽的呼吸聲。

原來在我發燒和昏迷的時候，都是茹素在照顧我。

她一遍又一遍，用溫水浸濕毛巾，輕輕敷上我的額頭。

當我舒服了一點，低聲問：

「是園區派妳來照顧我的嗎？」

茹素搖了搖頭。

「我自願的。奎元哥，這些是止痛藥，每隔六個小時吞一顆……」

「妳哪來的藥？」

我忽然想起入職時聽過的簡介，在這個黑心集團工作，不僅是制服，就連救命的藥品，都要奴工自己掏錢購買，真的沒錢就要簽下借契。

「我是自己走入園區，有帶一點錢進來，所以有錢買藥。真的不夠錢的話，賣掉我的頭髮，也可以換錢唷。」

深栗色的長髮在床邊垂下來，閃爍著細碎的光。

身體髮膚，皆有售價，這是園區明晃晃的潛規則。

我仰起了臉，睜著沉重的眼皮，盯著這個經常破壞影印機的傻女。

「為甚麼妳要救我？」

「因為我們是同鄉，又是同一組……我不救你的話，你會死的，我不想這樣……」

「唉……妳太好心了。謝謝妳。」

在我眼前這個叫茹素的女生，果然是胸大沒腦的女生，在人人自危的環境，竟然還會關心其他人的死活。

我又休息了一天，精神好多了。九點的下班鐘聲響起後不久，茹素帶了雞湯來探望我。這種放了剝皮辣椒的雞湯，很合台灣人的胃。茹素說，薛丁格非常生氣，把一切怪在我的頭上，害到全組的業績墊底。

「達叔和飛田先生倒是沒說甚麼……我覺得是因為我多管閒事，才連累了你，奎元哥……」

每當茹素提起笨夫妻的事，我都會打斷，盡快轉換話題。

「對了，茹素是妳的真名嗎？應該沒有人姓茹吧？」

「嗯。我全名叫葉茹素。」

「葉茹素……」

我低吟著這名字，忍不住開玩笑：

「我的姓氏跟妳很合呢！我姓畢，加上妳的姓氏，不就是畢葉（畢業）嗎？」

茹素噗哧一笑，捶了捶我的肩膀。

「哈哈。你白痴啊！」

幸好她傻頭傻腦，沒聽懂我這個玩笑在佔她的便宜。

好心難得會有好報。

像她這種人，哪有可能在殘酷的園區存活？

我暗暗發誓。

我要救她，帶她脫離這個鬼地方。

在園區，請病假不是扣工資，而是當成奴工的欠債。一入園區，奴工簽了賣身契，便是屬於集團的人力資產，人權只是奢談，請假必須付出代價。

電腦桌面左下角的日期是九月九日。

我帶著虛弱的身軀上班，達叔有跟我打招呼。飛田聖代戴著頭罩式耳機，一如既往不理不睬，誰也看不出他的喜怒哀樂。

辦公空間當眼的柱子，多了一個電子日曆屏，顯示「頂尖騙徒挑戰賽」初選的期限倒數，只剩五十二天。

「你個小兔崽子！」

遲到的薛丁格一出現，使勁拍打我的後腦勺，同時破口大罵：

「就因為你這個豬腦袋，我們組的分數被扣了五百萬。馬的，你好心有個屁用？你想去領好市民獎，也要看看自己有沒有命回家！」

下省一千字。薛丁格臭罵我一頓之後，猛地揪住我的衣領，唾液橫飛地說：「入圍挑戰賽，咱們組是沒希望的了！你想留住狗命，就要將功贖罪，多開一些單，否則我下次不會保你！」

薛丁格氣得來回踱步，忽然又回來，一腳踹向我的電腦椅，不小心弄痛了自己，「哎喲」一聲叫了出來。組長的特權是自選上班衣著，但薛丁格穿來穿去都是花襯衫，以四十年前的標準來說是時髦的流氓裝束。

我看得出他消氣了，毅然離座，主動走近，惹來他詫異的目光。

「組長，我有一個特別的請求——你有辦法幫我在台灣請得到律師嗎？」

薛丁格一聞言，竟然伸手掐住我的脖子。

「臭小子！你想玩甚麼花樣？」

我深吸一口氣，鎮定地解釋：

「請讓我說下去。我有一條發財大計，需要律師來配合行騙。就算請不到真律師，找人冒充律師也行。我想到一個嶄新的詐騙計劃，只要成功的話，咱們組的業績保證衝上雲霄⋯⋯」

現代的詐騙是分工精細的犯罪，園區在台灣養了一堆「車手」。他們負責取款、接贓、洗錢⋯⋯全是這條詐騙產業鏈最低端的從犯，風險偏偏是最高。通常是社會上走投無路的邊緣人，或者入世未深的年輕人，才會去做這種炮灰的角色。

薛丁格猶豫了兩秒，終於鬆開手，不再掐住我。

「說吧！如果是歪主意，我會賞你兩巴掌。」

我用眼神示意，瞟向會議室的門口。

「我們可以進會議室嗎？全組人開會。」

薛丁格咬了咬牙，面露不屑之色。

彼此四目交投的時候，我幻想心中有一團火，露出堅定不移的眼神。

隔了半晌，薛丁格點頭了。

「就看你玩甚麼把戲！」

雖然他只是半信半疑，但我有信心可以說服他。

一聲令下，薛丁格催促，達叔、茹素和飛田暫停手上的工作，一頭霧水跟著我倆走入會議室。

這一層有兩間小會議室，都是廟宇式的裝修風格，假天花是大紅色彩繪，牆紙金碧輝煌。中間是一張八仙桌，方角四邊，每邊的長櫈可坐兩人。牆上有個類似神龕的空間，嵌入電視屏幕，手機或平板電腦透過無線連接，即可投射畫面。有別於沉悶的辦公環境，在這裡開會竟然特別精神氣爽。

薛丁格繞起二郎腿，瞪著我說：「我只給你五分鐘。」

「夠了。」我沒有猶豫，站著開始演講：「咱們是台灣組，專騙台灣人。根據去年同季的往績，從一般大肉的身上，咱們組平均可以騙到多少萬台幣？」

正當我要自問自答，薛丁格卻搶先說出數字：

「九百一十萬。」

我對他刮目相看，點著頭說下去：

「沒錯。在台灣，通常是老年人，才會有這麼一大筆錢。把老人當作詐騙目標，當然是因為老人好騙，壟斷最多的財富。」

達叔插嘴：「嗯。老人一直是我們最重視的肥羊。」

薛丁格指著我，怒喝道：「屁！這不是廢話嗎？」

我微微一笑，搖著食指反問：「老人最值錢的財產是甚麼？只有存款嗎？不是啊！不動產可值錢多了。」

「不動產？」薛丁格的話音未落，茹素已經代我回答：「那是台灣的叫法。即是房地產。」

「台北市的房價，在世上數一數二，隨便一戶破公寓，單價也破三千萬以上。台灣上一代的置業率，高達全民八成。有不少老人，持有的房子還不只一戶……要騙，就要騙最大的。」

說到這裡，我一口氣進入正題：

「我有一個計劃，可以直接騙走房子！」

會議室的吊燈彷彿閃了一閃。

薛丁格眉頭緊皺。

「騙房？你意思是騙人借錢，把房子拿去抵押嗎？」

「NO！」

我斬釘截鐵的語氣，震懾了全室所有人。

「我的意思就是字面的意思，直接騙走房子。一戶值幾千萬，三戶就破億了，比慢慢騙人存款更有效率更好賺。」

薛丁格不住搖頭。

「房子值幾千萬又怎樣？你自己也說是不動產，房子沒有腳不會動，有人住在裡面，你要怎麼騙啊？」

我面不改容地說：

「合法地騙走房子的擁有權。在台灣，代表擁有權的文件是房屋權狀，即是俗稱的屋契，老人都會鎖在保險箱。不過，有一個方法，不需要房屋權狀，就可以將別人的房子弄到手。」

會議室一片沉默，達叔不停搔頭髮，茹素和飛田都露出難以置信的表情。

薛丁格兇巴巴瞪著我。

「馬的，要怎麼騙啊？你說來聽聽。」

今天清晨，我提早了一個小時上班，利用 A.I. 功能製作了動畫式的簡報。這時候，我拿出公司手機，連線到身旁的大屏幕，一邊播片一邊解說。

「首先在台灣僱用幾位性感的小姐，租攤位舉辦敬老活動。我們送出高價的餐券，來騙取老人的身份證影本，填表時也叫他們填上住址。大概五百塊的餐券就好，老人都愛貪小便宜……」

電視屏幕上放映餐券換身份證影本的動畫。

「台灣身份證上都有戶籍地址資訊，如果發現這個人的戶籍地址跟住址不一致，那這個人將會成為我們的目標大肉。接著我們製作假的借據，控告目標對象欠債不還……法務部的信件都會寄到戶籍地址，很多人都會忽視。就算戶主發現了，心想我根本沒欠錢，一定是有人告錯了！無論哪種情況，只要戶主懶得理，我們就會有機可乘。」

過場的標題變成**【假調解，真騙房】**。

我繼續講解這場陰謀的行騙程序：

「出庭當天，我們派人假冒債主，進行債務糾紛的調解。在調解庭的另一邊，假律師登場，拿著老人的身份證副本，說是代表當事人出席調解。」

屏幕上出現兩個卡通角色，分別代表債主和被委託的律師。兩個角色一唱一和，債主的對詞框是：**「沒錢還，拿出名下房子來抵債吧！」**律師的對話框回應：**「好！我代表當事人答應你。」**兩個卡通人物握手和解，掛著奸詐的笑容，演了一齣好戲。

最後響起《綠帽達傳說》開寶箱的音效，畫面跳出一張〈調解核定書〉。

「債主和被委託的假律師，兩邊都是我們的人……只要博得調解委員的信任，調解成立之後，我們的詐騙同夥將會獲得調解核定書。憑著這張核定書，就可以去辦過戶的手續，將受害者的房子收歸名下。」

薛丁格提出質疑：「你說的甚麼調解委員，難道他不會確定當事人的身份嗎？」

「確實在台灣現時的制度，只要出示身份證副本和授權書，便可以代表當事人出庭。我在台灣的工作是徵信社，曾經幫人討債，所以很清楚這樣的漏洞。說到漏洞，過戶制度才是最大的漏洞呢！」

我激動地握住拳頭，繼續解說：

「正常房子過戶，需要印鑑證明、身份證和房屋權狀等文件。可是，如果是欠債不還的情況，甚麼印章和權狀都可以省略，債主單方面去做申請，就可以『合法』把房子奪走。你想想看，當屋主還在家裡躺著的時候，他的房子就被過戶了。而且直到房子賣掉之前，屋主也不會收到任何通知。」

「甚麼？」薛丁格睜著眼大喊。

「台灣的房子過戶不用本人到場？這真的很離譜呢！」達叔來自人心不古的國度，很難想像世上有這麼奇葩的制度。

我拍了胸脯三下，保證自己所說是真的。

茹素忽然幫腔：「好像真的是這樣。我阿嬤以前把房子過戶給大舅舅，她本人不用到場，交出印章和房屋權狀就可以了。」

飛田一直不出聲，但我注意到他托眼鏡的動作，鏡片後的眼睛好像亮了一亮。

「精彩，我覺得這計劃可行。從事詐騙行業之後，顛覆了我對人性的理解，那些五星級弱智的大話，居然有一大票人上當。納粹的宣傳部長戈培爾說過——謊言夠大，才會有人相信。正因為這樣的騙局太過離譜，政府部門覺得不會有人敢做，因此才疏於防範吧？」

出乎我的意料，飛田竟然幫我說話。

我信心大增，打蛇隨棍上，向薛丁格進言：

「組長，我這個計劃有可能成功，正是利用了制度上的漏洞。這個社會的遊戲規則，不就是誰首先發現了漏洞，誰就能鑽空子致富嗎？我們不做，別人就會捷足先登啊！」

正因為法律有漏洞，不法之徒才有機可乘。政府與其枉費資源呼籲民眾不要受騙，倒不如盡快修法來填堵漏洞。在這個群魔亂舞的時代，壞人適應得更迅速，騙案手法推新出陳，魔高已經不只是一丈。

砰！

薛丁格突然大力拍桌。

「馬的馬的荒謬。馬的馬的離譜。反正都是墊底了，乾脆賭一把！咱們組要出頭，只有出奇制勝這條路。去吧！未來一個月的衝刺目標，就是要騙台灣老人的房子！」

提出這樣的騙房奇計，對我來說也是賭一把。

我瞟了茹素一眼，心中燃起了一把火。

在沒有外界協助之下，要逃出這個園區，實在是十級困難的事。

現在的騙徒挑戰賽是個機會，只要薛丁格升職，我們組員抱著他的大腿，都會扶搖直上。有了權限，就可以在園區自由活動，最起碼打得開後樓梯的門吧？

直覺告訴我，只有將詐騙進行到底，突破口才會出現在前方。

LEVEL 08

心跳加速的晚間活動

牆上貼著各組的業績紅榜，最終戰果揭曉。

眾人譁然，傻眼看著我們，還有榜上那個誇張的金額——

兩億七百萬。

十月三十一日，騙徒挑戰賽的初選結束，我們組獲得出線資格，成為十八樓的代表隊。

有一個地方叫台灣。

那裡是騙徒的天堂，誠實人的墳場。

薛丁格意氣風發，掛著誇張的笑容，率領組員回到地盤。今天的他梳了個誇張的飛機頭，每次他摸頭髮，都會使用戴著RELAX牌金錶的左手。

快到座位的時候，薛丁格扭了扭屁股，忽然摟著我的肩膀，低聲耳語：

「真有你的。我服了。」

他捏了捏手掌，又笑嘻嘻地說：

「台灣真是充滿潛力的市場！儲蓄率高，房價驚人，傻人又多，簡直是人間金礦！」

他現在很欣賞我這個新血年輕人。

過去一個月，我提出的騙房奇計超乎想像的順利，成功騙到六戶房子，市價合計兩億多。很多上市公司全年的利潤都未必有兩億，但我們這一組單月已做到這個數目。

一個月，兩億新台幣，真是喪心病狂的暴利，難怪台語有云：**了錢生理無人做，刣頭生理有人做——虧本生意無人做，殺頭生意有人做。**

只不過一張身份證影本，畢生心血全沒了。

在房子被騙走之後，受害者還要自己找律師，花大錢提出民事訴訟，勝出官司才能取回屬於自己的房子。

真是有夠荒謬的世界！

對於那些被騙的老人，我是打從心底感到抱歉的。我有保留一些證據，就看我能否逃出園區，將來幫他們討回房子。

不過，我之前不知道，原來那麼容易請得到假律師。

「假律師？」茹素曾經問我。

「是的。這已經發展成一個獨特的行業，協助詐騙集團行騙，向受害者提供錯誤的法律意見。雖然不是真律師，但他們都要定期進修，惡補法律知識，到律師事務所實習……外在打扮、言談舉止，形象包裝必須完美，連公事包的配搭都不可以馬虎。有的假律師假戲真做，甚至替人出庭辯論呢！」

有了成功騙房的經驗，我現在很熟門路，知道怎麼跟假律師合作。

話說回來，敝公司在台灣的夥伴團隊，聽說他們有三個人今天被判刑了。那三個人各自的犯罪所得（集團給他們的報酬）只有台幣八千，願賠八千之後減刑，自首又再減刑，最後法官輕判六個月。六個月以下的刑期，可以繳罰款來代替坐牢。所以嘛，哪怕受害者損失上千萬，法律亦無法替他們討回公道。

「各位組員辛苦了！老子升官發財，絕對不會虧待你們！喲喲，我請客，今晚去慶功！」

薛丁格逐一誇獎茹素、達叔和飛田。現在他滿腦子都是獄長的寶座，當然要拚命巴結我們。

這個月大家充滿幹勁，沒心沒肺工作，達成了難以置信的詐騙目標，這樣的事我也不知該說是熱血還是冷血。

雖然飛田還是很少跟我聊天，但因為會議室那番話，我欠了他一個人情。

辦公室的鐘聲跟台灣學校的鐘聲一樣。

下班的時候，我一邊伸懶腰，一邊嬉笑怒罵：

「業績業績，統統都是業障！希望我們不會下地獄吧！」

沒想到飛田竟然應話：

「每一次詐騙，我都視為心理戰。可以操縱人心，我覺得非常有趣——你不是也這麼想嗎？」

這番問話令我語塞。

飛田這傢伙……洞悉了人性之惡。

自己設計的騙案可以成功，勝利沖昏頭腦，我不得不承認，內心的確會有近乎病態的快感。那是罪惡的甜味，那是顛倒秩序的凱歌，還是將愚昧踩在腳下的極樂？

任何人在這園區久了，必定都會「黑化」。

惻隱之心，人皆有之。

看見有個小孩快要墮井，就算是十惡不赦的大壞蛋，都有可能衝上前去救他。可是，有慈善組織告訴你非洲有小孩快要死了，明明捐款可以救命，無奈很多人都會置之不理。

詐騙園區要騙的對象，都是遠在天邊的人。

在網絡世界，受害者只是一團模糊的形象，恰如一個只有網名的角色。根本不用見面，就可以騙光對方的財產，由於腦海沒有具體的形象，因此也不會有甚麼罪惡感。

我想起了米爾格倫實驗（MILGRAM EXPERIMENT）。

這項實驗曾經將受試者分為兩組，負責執行權威人士的命令，給予答錯問題的演員電擊懲罰。一組將演員和受試者處於同一房間，而另一組將演員置於隔壁的房間。演員會發出慘叫聲和苦苦哀求，事實證明身處同一房間的受試者，都會有較高的傾向違抗命令，不再猛按電鈕，甚至憤然離開房間。

相反，在實驗對象看不見被害者的情況下，他們的良心都會麻痺。

在面對違背良心的命令，人性能發揮的抗拒意志極為有限，大多數人類都會選擇屈服。人類的服從傾向就是如此根深蒂固和巨大，抹滅了一切道德、倫理以至同情心。

支配者精於操縱人的奴性。

平庸之惡就是這樣誕生的。

大千世界，無處不是騙局。

騙局容易成功，原因只有一個——

人人都有奴性。

薛丁格招待我們到四樓的高級餐館慶功。

「師傅是高薪由香港某知名餐廳挖角過來的名廚。」

我們吃的是OMAKASE，日式的無菜單料理。

吧檯裡的師傅一臉嚴肅，遞上一個個小碟子，分發到眾人的面前。

吃了甚麼？

前菜是有瘜肉的豬大腸、處女鯨魚眼淚醃製的鵝肝、百年老龜的龜毛熬煮的清湯……還有創意破表的GELATO辣辣壽司……

「為甚麼……刺身每一塊都是大小不一？」茹素一臉狐疑。

「妳懂甚麼！刺身切割成不同的形狀，就有不同的豐富口感。」薛丁格替店家說話。

「師傅來自哪間知名餐廳？」我插嘴問。

「名醬壽司。」

薛丁格回答的這間餐廳，我好像聽過，又好像未聽過。

吃飽之後，自由選擇活動。

今晚是獎賞之夜，茹素去做理髮美容，飛田獨自去KTV 唱歌，達叔和薛丁格去六樓尋歡作樂。

「欸！奎元，你不跟我們一起爽咯？」達叔邀請我的同時，忽然吟起詩來：「問君能有幾多愁？襟兄弟把酒分憂。一皇二后雙飛燕，寬衣解帶驅風油！」

茹素也聽見了，但她的資質有限，沒法領悟達叔的暗喻。在茹素好奇的目光之中，我咳了一咳，堅決表達不去六樓的意志。

「聽說頂樓有遊戲室，我想上去打電動。」

達叔和薛丁格露出睥睨之色，似乎覺得我是個怪胎。

我的員工證開通了上去天台的臨時權限。

叮、叮！

由電梯出來，眼前是寬闊的天空操場。

我沿著天台邊緣踱步，觀察園區附近的環境和地形，強風把我引以為傲的髮型吹歪。

站在天台上，我看著漆黑夜幕的星光，有種久違了的感動，彷彿用錢購買了自由的空氣。

雖然繞了一些路，但我在沒有惹人懷疑的情況下，抵達了天台的遊戲室。原來四大獄長上次站台的貨櫃，另一邊是玻璃落地門，貨櫃裡是改建的休憩空間。落地門幾乎佔滿櫃面，燈光明亮，有夾娃娃機和老虎機，當我看見投影幕下的遊戲機，心中暗暗驚喊：「太棒了！」

這部機的別名是「嘴大滔天遊戲機」，白色外款，像極了大塊頭的路由器。由於此機上市期間常常缺貨，許多玩家摸不到買不到，所以又戲稱它為「空氣主機」。但像我這種人，當然有門路買得到，讓好友們羨慕。

深夜的遊戲室沒人，由本大爺獨佔。

機台前有兩張豆豆沙發，我開啟遊戲機，發現系統有連線上網。

「超棒！有最新的遊戲呢！」

我自言自語，不時偷瞟四方，拿著無線的控制桿，躺在豆豆沙發上。

不用說也知道，遊戲室裡一定有監視鏡頭，我要裝出專心打電動的模樣。

園區裡的電腦工程師再厲害，也不可能修改遊戲機內置的系統吧？我跟台灣的助手有約定，互相添加對方的遊戲帳號。只要借助這台遊戲機，我就可以向外界發出求救暗號。

就在我摸索功能的時候，我瞥見玻璃外面出現了人影。

誰？

對方身穿西裝，肯定不是低級奴工。

那張臉漸漸趨亮，呈現那對銳利的鷹眼。

莫明？我心跳加速。

——**難道我露餡了？但我根本未有行動**……

玻璃門掀開，空氣在一瞬間凝固了，我的汗毛都豎起來了。明明想開口打招呼，聲音卻卡在喉頭。

莫明在我旁邊的沙發坐下來，盯著投影幕的足球場畫面。

「FEVER 2024？我也想玩，要不要來一局？」

我怔了一怔，隨即向他遞上控制桿。這個獄長葫蘆裡賣甚麼怪藥？我在心裡拉起了警戒線。

進入對賽模式，我選擇阿根延隊，莫明選擇法國隊。

雖然讓賽給領導是奴才拍馬屁的機會，但我覺得莫明不吃這一套。這是我拿手的電動遊戲，我操縱的梅建國盤球突破，一下子過了兩名球員。就在假射真傳之際，法國隊的後衛抄截了我的傳球。

好傢伙！我遇到對手了。

莫明一邊打電動，一邊出言試探：

「十八樓的畢奎元，我知道騙房奇計是出自你的主意。我看好你是個人才，對你有很大的興趣。」

莫明對我有興趣？我不發一言，默默握住控制桿。

投影畫面的草地上球來球往，雙方依然是零比零。沒想到莫明也是戰術高手，竟然與我鬥得旗鼓相當。

莫明彷彿只是隨便扯談：

「我告訴你，浴室裡其實有隱蔽式的攝錄鏡頭。」

聞言，我完全沒法回應。

故意的停頓結束，莫明又說：

「我看過你全身上下的裸體。你身上的每一個部位，我都看得一清二楚。」

我的大腦一片空白，恐懼像冰冷的藤蔓纏繞心臟。

「你的大腿為甚麼紋了我的樣子？喔⋯⋯我猜是我的妹妹莫莉派你來的，我說的對不對？」

眼前的遊戲也出了狀況，一時疏忽大意，我漏掉了埋伏在禁區的前鋒，守門員來不及出擊，法國隊率先入球。

條形音箱發出「GOAL」的歡呼音效。

既然沒甚麼好隱瞞的了，我便豁出去說：

「是我道行不夠，才被你妹妹騙來了園區。你妹真會哄人，拜託我進來園區救的人，居然是整個園區最大咖的獄長！我最傻是信以為真，把你的照片紋在身上，你一早知道還問⋯⋯」

說到這裡，我忽然感到不對勁，邏輯上有矛盾。慢著⋯⋯剛剛莫明是用了「派」這個字眼？

莫明說出驚人的真相：

「莫莉不是園區的人。」

甚麼？真的假的？

「那她究竟是甚麼人？」我喊出心中的疑問。

莫明眨了眨眼，嘴角微微上揚。

「你有本事贏我，我才告訴你。」

這場球賽到了最後十分鐘，我才靠著底線的角球，在混戰中用球員的頭錘進球。加時階段，我和莫明都沒有再得分，音箱響起完場的哨聲，雙方戰至一比一平手，要以ＰＫ戰決勝負。

投影幕上的踢球員站在罰球點，身上的箭頭代表射門方向與力度，守門員則在球門線上左右移動。

莫明指著我方的綠衫守門員，說道：

「守門員大馬丁是心理戰的高手，他每一個搞怪動作，都是為了擾亂敵方球員的心神。他的言語、眼神和小動作，都是心理層面的施壓。」

這一點我認同。

ＰＫ戰的首四輪，我和莫明都有踢進，四比四平手。

決勝負的第五輪，我在心裡直嚷道：「右下角，他肯定想不到我會重複！」

噢！

沒想到莫明會選擇撲向右下角，砰的一聲擋出射門。

我瞥見莫明輕揚的嘴角。

「最後一球，我會踢向死角。」

莫明語氣篤定，迷惑我的心思。

看著畫面中的踢球員起跑，我的心跳漏了一拍——死角？左上角？右下角？最後我選擇了左邊。

足球直射向中間進網。

莫明放下控制桿，以勝利者的姿態說話：

「嘿。根據歷年大賽的統計，直射中間的進球率最高。在比賽後段的高壓狀況，運動員體力透支，很多時候都會射歪。可是，大多數球員都不敢踢向中間，原因是被擋下會很丟臉，影響個人身價。哼，世人不會欣賞你的理性，只會嘲笑你的失敗。」

我以下犯上，忍不住反諷：「這個世界的人缺乏理性，我們這些騙徒才如此猖狂吧？」

莫明投來幽深的凝視，彷彿看穿了我的內心。

「理性？人的理性就是貪錢，愈窮愈貪，愈老愈貪。明明腳踏實地、穩健投資，平凡人才累積了財富。他們卻在老年的時候，否定自己一輩子的信念。騙人的騙徒可惡，被騙的人就是無辜的嗎？人哪！沒有信念，活該受罪。」

這番話是在受騙者的傷口上灑鹽。

我微感不忿，卻說不出半句反駁的話。

莫明走向門口，雙手插著口袋，目光灼灼地說：

「我們就是惡魔，試探人心的惡魔，一個人抵受不住誘惑，就會受到支配——這，才是詐騙的真諦。」

真諷刺。經過今晚的對談，我竟然對他產生惺惺相惜之感。

園區有四座大樓，我身處的這棟大樓由莫明主管。

要騙倒他這樣的專業騙徒，我和茹素才有可能逃出生天。

有可能騙倒他嗎？

經過今晚，我終於知道難度比想像的高。

看著莫明消失在漆黑之中的背影，我覺得他並不像惡魔，而是像懲罰罪人的阿修羅。

美少男夢工場

【大金魚】

家境富有的受害者，一般來說是千金小姐，這些受害者往往入世未深，有一顆容易上當的金魚腦。

【車手】

負責實際收取、提領贓款或轉移詐騙所得的當地約僱人員，由於要拋頭露臉，風險最高亦最有可能被捕，但往往是報酬最低賤的代罪羔羊。

LEVEL 09

十一月一日。

就在園區公布初選名單的翌日，獄長米祿登上會議室的螢幕，向入圍隊伍披露次輪比賽的主題。

「愛情是最好的投資，當一個人被愛沖昏頭，智商就會自動歸零。甚麼是真愛？美醜不是問題～歲數不是問題～只要阿姨有錢，晚晚談情說愛。啾咪！這次比賽的主題，就是愛情詐騙～」

畫面的主窗格映出米祿白淨的帥臉，他這個人說話不正經，有種壞壞的淘氣。透過「Zzzz-oom」這個內部開發的遠程會議 APP，米祿同時向不同樓層的參賽隊伍發表演說。

「噢耶！」

薛丁格握拳爽叫。

愛情詐騙是我們組的專長，難怪他會自嗨——嗨者，HIGH也，這一詞自古已有，只不過古人寫作「自咍」。白居易有詩云：「酬贈徒為爾，長歌還自咍。」蘇軾亦常常用自咍一詞，借著心理暗示來增強自信。

我繼續專心盯著電視螢幕，聆聽米祿的聲音：

「等一下，各位入圍隊伍的組長要過來找我，我會一人發一張公主牌。卡牌上會有公主的聯絡資訊，各組都不一樣，公主就是這一回合指定的詐騙對象。我主持大局，保證公平公正～」

今天米祿穿著黑襯衫，本來清瘦的體型更加顯瘦，加上一臉純真的笑容，這個獄長不愧配得上「黑色邱比特」的稱號。

「評分準則包括詐騙金額、情感連結、設局藝術，各佔三十分，創意和危機處理做得好的話，都會獲得額外的加分！比賽時限是三個月，結束日期……我看看……是明年的二月一日零時十分。」

米祿做出一個飛吻的動作。

「最頂尖的騙徒，不是騙錢，而是騙心，奪走一個人的靈魂。靈魂的詐騙，比金錢更可怕！啾咪～你們說是不是哩？」

啾咪、啾咪……娘娘腔的，我覺得有點噁心，不小心衝口而出：「這個小白臉憑甚麼當上獄長？」

飛田突然向我投來凌厲的目光。

達叔忙不迭向我喊話：

「奎元，你快道歉！米祿大人可是飛田的偶像。」

「喔？對不起就對不起嘛。」

再由達叔的口中，我得知米祿之強，在於把愛情詐騙玩到國際級別。他懂說八國語言，全部都達致可以把妹的水平。就連某國的真公主都掉入他天衣無縫的情網，結果他憑著對方的裸照，向王室敲詐了史詩級別的巨款。

離開會議室沒過多久，薛丁格就收到米祿的傳召。真難得看見薛丁格緊張兮兮的樣子。

「組長，加油！」

在薛丁格走進電梯之前，茹素喊出一聲祝福。我疊著腿坐著，一直看著她端來盤子，盤上有四個杯子。

「請喝，這是林蜂牌蜂蜜沖泡的蜜糖水～」

「妳真是我見過最賢慧的女同事。」

「哈哈。你就是嘴巴甜。」

茹素笑了笑便離開。

我喝了滋潤的蜜糖水，心裡暖洋洋的。

下一秒我又悲從中來。

園區明文禁止辦公室戀情，就算是男和男也不可以。這裡打壓戀愛的力度，比校園的訓導主任更加嚴厲，原因是園區的奴工都是單身狗，有情侶放閃的話，就會大大影響團隊的士氣。

就在我的隔壁，達叔抱著後腦喃喃自語：

「戀愛嗉……我這輩子都沒談過戀愛，結果跑來加入網戀組，作孽咧……」

「你說真的？天呀！」我過去拍了拍達叔的大腿，安慰道：「雖然誰都看得出你沒女人緣，但想不到你的身世這麼可憐……你在園區賺夠了錢，衣錦家鄉，應該會有很多女人倒追你吧？」

達叔一副看破紅塵的神態，淡淡地說：

「不是戀愛談不起，而是電子戀愛更有性價比。」

電子戀愛？

我想了一想，立刻會意過來。

達叔指的不是人類的戀愛，而是人類與二次元虛擬角色的戀愛。他說的也有道理，課金給網上的直播女郎等同倒錢進海，和動漫角色交流反而有心靈的滿足。

色字頭上一把刀！

我在台灣接案的時候，也負責設計了不少天仙局。

斜對面的飛田如同千手觀音，操作扇形大架上的六十台手機。

直到最近，我才知道，飛田是感情詐騙的王牌高手，一天之內可以扮演二十四種人格。

對了，我要補充一件事——

飛田的值班時間跟我們有些不一樣，原則上是彈性上班。每逢夜深人靜，他都要安撫一顆顆寂寞的女人心。雖然園區本來就沒有假期，但飛田每逢週末都會特別忙碌，有時候我看見他工作狂熱的態度，都會好想行個軍人禮表示敬意。

原來他桌上的《舌燦蓮花功》，著者就是米祿，據說熟背書中的甜言蜜語，就可以哄倒天下九成的真女人。下至八歲，上至八十歲，都可以一網打盡……可是這本書要價十萬斯堤幣，我暫時不夠錢買。

叮、叮！

電梯打開，薛丁格回來了。

他向大家出示剛剛抽中的公主牌。

「達叔和飛田，我給你們一天時間，好好調查豬仔的背景。這回合成功過關的隊伍，將會進入最終決選，大家都要加把勁！衝上去登頂，送我一程，共享榮華富貴！」

公主牌上的大頭照是個烏髮白淨的女生。

目標對象的暱稱是薇薇，二十六歲，一流大學畢業。目前是單身的狀態，初步判斷原因是太挑剔，即是名副其實的公主病患者。

「她在社交媒體關注的對象，全是些帥哥咯，擺明就是外貌協會那一派。」

達叔告訴大家網上背景調查的結果。

「八字分析呢？」薛丁格問。

「印星過旺……這種命格的妹子，從小估計是備受寵愛，習慣咯別人對她好，啥子事都有人幫她搞定，不用費勁就撈到好處。再說，命有食神，代表她嗜嘴得很，對吃有很高的要求。」達叔一臉鄙視地說。

「飛田，你看完她的社交媒體留言，這個女的有沒有情感需求？」

「嗯。」

飛田向薛丁格點頭。

「我找到了！」達叔忽然舉起手提電腦，向大家揭示薇薇在約會網站登記的資料。根據測量愛情飢渴度的〈史坦伯格 TLS 熱量表〉，我評估薇薇的分數達 9 / 10，即是到了非常渴望的程度，這樣的情報是大大的利好消息。

我們團隊所做的一切，正是實踐了心理學上的人格側寫（PROFILING）。

愛情詐騙最高效的起手式，無疑是將搭訕訊息廣發，針對不特定的大眾撒網，太公釣魚願者上鉤。

可是，挑戰賽的騙局有指定的對象，我們必須花時間研究目標對象，了解她的興趣、職業、生活狀態、喜歡的品牌和潛在弱點。搭訕的機會可能只有一次，所以我們必須一擊即中（雖然失手了的話，可以用另一個帳號再來一次，但就是怕公主築起更高的心防）。

然後，我們要精心設計一個虛假的身份。

金融才俊基本是無敵的萬用職業，但考慮到薇薇身邊有金融業的朋友，我們這次決議的人設是新創公司的年輕創業家，國籍是新加坡人，常常前往台灣出差。

「奎元，假帳號就交給你啦！」薛丁格吩咐。

我擺出「OK」的手勢。

騙慣了就會知道，捏造的資料最好不要直接透露給對方，而是要吸引對方偷看人設的假帳號。

一個女人一旦對你有興趣，她一定會歇斯底里挖掘關於你的一切，傾向合理化你的人設。這是名為「操縱式暗示」的心理技倆，一個人主動獲得的資訊，比被動接收的更容易信服。

十一月三日。

當我們團隊做好了前期準備，便開始出擊。

不好意思，請問妳是朱薇安嗎？妳在滑鐵盧大學的校友，她將妳的聯絡方式給我。我正在創業，下一個目標是拓展台灣市場，恰好妳是台灣人……

要憑空燃起一段愛火，重點是密度，而不是強度。

原理就和鑽木取火一樣，長時間保持高頻率接觸，直到產生足夠高的熱能，情感就會突然燒起來。

早上當鬧鐘喚醒對方，中午當廣播電台講個笑話，晚上當垃圾話回收桶聽對方訴苦……

這招的學名是「LOVE BOMBING」。

這是一種快速推進關係的心理戰術，高頻率互動，進行密集式的關注，每次接觸的時間不必太長，就會讓對方在短時間內產生依賴或愛戀。

不過，這招也要由帥哥使出才行得通，長得醜的男人聊不了幾天，很快就會被封鎖。

你是新加坡人？

妳來過新加坡嗎？
有機會，我樂意當妳的導遊……

薇薇上鉤了。

就這樣聊了三天，每次都是短聊，除了友情持續升溫，我們也收集到大量的情報。

「從她晚間的 IP 地址，我判斷她的住址是台北市的信義區。」

聽完達叔的報告，薛丁格慢慢抬起眼皮，忽然咧嘴一笑，轉到茹素和我的方向。

「住信義區都一定是有錢人嗎？」

我和茹素交換一個眼色，由我來回答：

「不一定。那邊也有一堆老房子。」

飛田卻在此時下結論：

「憑我的直覺，我覺得她家裡很有錢。」

日日夜夜主要是飛田和薇薇聯絡，他的話當然最有說服力。他還說到，現時的策略是給她畫大餅的憧憬，例如相約她到法國南部遠距工作一年。

薛丁格有所感慨地說：

「我們這些人做詐騙，某程度也是在販賣夢想。」

販賣夢想？

幹……說得也太好聽了吧？

我繼續聽著薛丁格大言不慚：「我們賣的是春夢！春宵一刻值千金，雖然受騙者日後會傷心難過，但夢想本來就是要付出代價。」

這個代價也太沉重了吧……我不露聲色，只在心中歎息。

「愛情詐騙好恐怖喔！」

茹素以瞧著壞男人的目光，掃視我們這幾個男組員。

現實中的愛情難道不恐怖嗎？妳就是當了前男友的替死鬼，才被賣到了園區……這番話太傷人，我沒有說出口，嚥回了喉頭。

茹素扯著飛田的衣袖，向這位專家求助：

「前輩，你可以教我防範的招數嗎？」

飛田一向待人冷漠，但茹素常常泡茶泡咖啡，這一刻她有求於他，再冷的冷男也不會拒人於千里之外。

「愛情是盲目的，寂寞的女人很容易暈船。現代人大多數在網上尋找戀愛，真真假假難分，真的防不勝防。總之，妳記住一句口訣就好——**帥哥問候，非奸即盜**。」

「噢。所以我不可以喜歡上帥哥嗎？」

「一個又帥又有錢的男人，他不愁沒女人倒追，煩的是選哪個。為甚麼他要浪費機會成本在妳身上？妳憑甚麼？很多時候，都是帥與有錢二選一，但很多女人敗在貪心，妄想可以擁有一切。」

聽到這裡，我不禁插嘴：「妳少看韓劇就對了！」

茹素賭氣發出「哼」的鼻音。

薛丁格也來下指導棋，油腔滑調道：

「叔叔教妳，世上九成的男人都不是帥哥，十個富人九個禿！妳把男人都當成嫌疑犯就對了，正如我都當女人是婊子。不要相信男人的鬼話，花一點錢，調查男方的職業背景。要開一間公司的成本很高，如果他自稱是老闆，一定一查就揭發是假的。」

飛田托了托眼鏡，接下去道：

「還有一招就是裝窮。當騙子知道妳存款只有四位數，很快就會放棄妳。真愛不是炫富，而是當妳一無所有的時候，妳都願意為對方付出。情與義，值千金！」

聽完這番話，我心頭一動，偷偷瞟了茹素一眼。

騙局繼續進行。

十一月十一日。

薇薇開始很快閱讀訊息，早午晚反過來噓寒問暖。

十一月十三日。

薇薇開始聊心事。

十一月十六日。

聊天聊到深夜，迫使飛田使出十成功力。

妳還在忙公事嗎？我最近創立了一個熬夜聯盟，不曉得妳有沒有興趣加入？會員可以免費享用「熊貓眼俱樂部」的服務 XD。

女人當然喜歡風趣幽默的男人。但真正讓她們沉船的是那種被關心、被認同的感覺，久旱逢甘露，天雷勾動地火。

十一月十八日。

薇薇發出鬧脾氣的訊息，質問是否玩弄她的感情。飛田以退為進，已讀不回，冷落了她一個下午。同一晚，彼此確認了網上情人的關係，但整體仍然是曖昧的狀態。

十一月二十日。

飛田向我們展示她傳來的訊息：

我們真的算是男女朋友嗎？我只聽過你的聲音，從未跟你面對面視訊聊天……

她開始懷疑了。

LEVEL 10

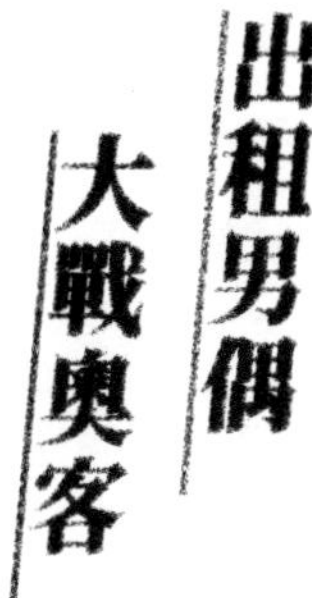

「公主要求視訊聊天。」

飛田的口吻略有求助之意。

薛丁格半瞇著眼叼著菸，想了一想，便下指示：「拖延一下，吊一吊她的胃口。」

飛田將全罩式耳機掛在隔板上，一副全力備戰的格調。他一邊按手機，一邊說：「那我就用晚上開會當借口，要聯絡美國那邊的客戶……」

女人的疑心病就像貓抓老鼠的本能，捕風捉影咬著男方不放。

很忙？你是不是在撩其他女人？你是不是已經結婚了？我們的感情還不穩定，想看看你本人也很合理吧？你到底幾多歲？就算你是個老頭，我也不會介意……

就這樣糾纏了二十二個小時，同一個話題就像火災警報，只要未熄火，便會無止境地重播。薇薇終於撕破臉，一下班就傳來短訊：

你是不是在詐騙我？

全員站在飛田的身後，盯著薇薇這個訊息。

今天，薛丁格穿著短袖的西裝外套，再配上白色的皮革球鞋。一見時機已到，薛丁格脫下了太陽眼鏡，慣常的散漫笑意瞬間消失，緊繃著神經大喊：「ACTION！」

開始行動！

飛田口才不佳，不擅長視訊聊天的任務。

薛丁格親自出馬，走進了隔音電話亭。這一刻早有預謀，我這個打雜的部下，在組長進去之前，已動手拉下四側的綠色幕布。

左手鍵盤，右手滑鼠，達叔透過掛耳式無線耳機，遠距向電話亭裡的薛丁格通報：「背景設定完成，地點是新加坡的烏節路，天空是晴朗的月色，時間是晚上九點，與台灣沒時差。」

在電話亭攝製的影像出現在達叔前面的螢幕，薛丁格置身在入夜的街道，身後有酒吧，加插酒吧人聲的效果音。酒吧裡悠悠輕播的音樂，是一首叫「FAKE LOVE」的流行曲。

只看頸部以下，薛丁格像個穿著得體的男模，上面的臉卻像失敗的拼圖。但這不打緊，套用深度偽造（DEEPFAKE）的技術，他在視訊通話期間可以換成帥哥的臉。

這方面是我的功勞，從網上直播和社交媒體，我輸入某個帥哥的公開帳號連結，系統便自動收集他的影像和聲音。數據愈多，A.I. 生成的影像就愈逼真，偷走別人的樣子，再克隆別人的聲音。現在的技術已經發展到深度模仿，完美呈現目標人物的臉部特徵、說話習慣、語氣和聲紋……從這標準來看，詐騙集團的確是一間科技公司，善用最新的科技來賺大錢。

「準備撥號。三、二、一！」

達叔繼續操作轉播儀器，這方面他確是專家。

「喂？」

我是第一次聽到薇薇的聲音。

薇薇對於夢中情人的來電，顯得又驚又喜，思春的靦腆一一寫在臉上。

「你……不是很忙嗎？怎麼突然打給我？」

「想妳嘛。」

「呃……你……想不到你真人這麼帥唷！」

「妳也是，美得像公主一樣。」

聽到小喇叭播出的對話，我噗哧一聲笑了出來。因為我想到了薛丁格那副痞子相，薇薇卻不知自己在跟這樣的大叔談情。

與此同時，在辦公室這一邊，茹素看著螢幕上轉播的視訊，雙眼睜得老大的，喃喃道：「太誇張了！我完全看不出破綻耶……」我也不禁發出了感歎：「科技一日千里，我也不得不認老了。」

難怪這麼多人受騙，只要經過電波傳送，甚麼都有可能變成假象。眼睛看得見的，耳朵聽得見的，一切都未必是真實的。

畢竟通話時間愈長，愈容易露餡，所以薛丁格只聊了兩分鐘，達叔就遵照對話中的暗示掛線。這次通訊的目的已達成，薇薇憋了一整天，終於釋走積壓在心的疑慮，確信她的夢中情人是真有其人。

我想你想到失眠喔～

這一晚薇薇傳來的短訊，誰都感受到那股飢渴的熱情，她就是個深陷熱戀的白痴公主。

可是現實不是按著劇本演戲，經常都會節外生枝。

北鼻～ 我閨蜜擔心我受騙，說甚麼世上不會有你這麼完美的男人。欸…… 我覺得她有一點點嫉妒我。你甚麼時候會來台北唷？不如我們見一見，直接給她打臉……

平時詐騙，遇上這種疑心病重的女人，咱們組會乾脆放棄。但這是挑戰賽指定的題目，所以我們只好千方百計滿足薇薇公主的要求。

飛田一臉無奈地問：

「怎麼辦？」

薛丁格忍不住吐槽：

「她的閨蜜快去死吧！這次我們遇上了奧客…… 」

想不到組長也懂奧客這個台語詞，我和茹素相視一笑。

奧者，難搞也。

在台灣，奧客指的是那些難以取悅的顧客，這種客戶動不動就投訴，提出各種不合理的要求。

然而，懂得做生意的商家都明白，只要將奧客服侍得妥妥貼貼，就很容易將他們轉化成忠實的顧客。這些奧客在別處得不到的滿足感，卻可以在你這邊找得到，自會變得加倍忠誠，奉獻遠超一般顧客的利潤。因此，聰明的商家都會當奧客是寶，從他們的身上榨取一分一毫。

眾人的目光集中在我的臉上。當然長得帥是一個理由，但更大的理由是全組知道現在是我演出的時間。

「要賭一賭，出絕招了！」

接下來的詐騙行動由我操刀。

在薛丁格批准之下，我聯絡台灣那邊的「出租男偶」。

這個男偶是演藝系的大四學生，小明星的長相，小鮮肉的軀體，穿上襯衫和西裝，便是甲男和乙女都會垂涎的魅力男士。我找的這個男偶欠下一屁股卡債，只要花點錢就可以收買，同時也是給他練習演技的機會。

在準備人設的階段，我的任務是設定社交媒體的帳號。布局之初，我已竊取男偶本來的照片，複製成為一個假帳號，再貼上一些合成的炫富照片。買 LIKE 已是舊時代的落伍做法，現在只需要使用一個叫「A.I. 智障按讚助手」的程式，就可以在一小時之內自動讚好，讓假帳號變得更像真的。

當我陪男偶綵排的時候，茹素負責預訂餐廳，最後選定信義區某摩天大樓的高級餐廳。

十一月二十七日。

終於到了相約見面的晚上。

前天踩點視察場地的時候，達叔發現這間餐廳的網絡系統不設防，很容易可以駭進。這就是《孫子兵法》強調的地利，現在達叔工作區的兩個螢幕，正在顯示餐廳內部監視器的畫面。

薇薇當然悉心打扮，穿著雪紡襯衫和 A 字裙，一看就知道是精品時裝。由我指派的男偶也沒被比下去，一身租來的時尚便服，帥氣沒法擋。他的左耳戴著無線耳機，要是薇薇問起，他可以謊稱在談一筆生意，不能漏接電話。

男偶拉開座椅，方便薇薇坐下，盡顯紳士風度。

無線耳機即時收訊，傳來了我們這邊：

「你的國語很標準呢！」

「我媽媽是台灣人。」

這句話是真的，男偶是台灣人，但他要假扮成新加坡人。兩人一坐下，場務女經理便過來打招呼，態度尤其殷勤。當然喲，前天過來踩點的時候，我們吩咐男偶給她台幣一千的小費，輕易收買了人心。

「這是給妳的小禮物，見面禮。」

「哇……這……不會很貴吧？」

薇薇一看見小紙袋上的商標，立刻驚喜得掩臉。

由直播畫面可見，男偶只是笑了一笑，我欣賞那個笑容流露出的自信。

見面禮是名牌鑰匙包，敝公司為了控制詐騙成本，那東西當然是特Ａ級的冒牌貨。

「我很少送禮物給女人，不曉得妳喜不喜歡⋯⋯紙袋裡有發票，妳可以拿去換貨。不過，我是在米蘭買的，你可能要搭一趟飛機過去。」

男偶這套說法萬無一失，而且我有信心，一個熱戀中的女人智商變低，絕不會懷疑夢中情人贈送的訂情禮物。

薇薇一邊吃前菜，一邊吞吞吐吐地問：

「北鼻⋯⋯我這樣叫你，可不可以？會不會奇怪？」

男偶靜默了五秒，才回答：

「不可以——我想妳叫我老公。」

餐廳的監視器鏡頭解析度超高，畫面很清楚，男偶正在以含情脈脈的眼神看著薇薇。男偶的演技一流，可是他的英語水平是九流，為免露出破綻，我們這邊撥電話給他。一切按照計劃進行，男偶接完電話，便向薇薇道歉，瞎掰一個理由提早離場。

男偶結帳離開，又給了女經理一千元小費。女經理受人錢財，當然要好好招待客人。

畫面中，薇薇帶著落寞的神情用餐，見到女經理，兩人聊了起來，肯定是在打探男方的八卦。雖然女經理跟他不是很熟，但看來她幫忙說了好話，逗得薇薇喜上眉梢。

薛丁格發出一陣奸笑聲，斷言道：

「行了。瞧她的臉，紅得像猴子屁股，中套了中套了！嘿嘿！」

這就是愛情奇妙之處，薇薇肯定已經發情，帶著忐忐忑忑的心情試探夢中情人，美夢成真的結果令她神魂顛倒。那種興奮感將會成為肉體和心靈的記憶，令她從此不能自拔，徹底敞開了心防。

同一晚，飛田再補上一個短訊：

今晚跟妳見面，我終於想起了！我肯定在哪裡見過妳。妳是不是去過加勒比海度假？

哈！情報來自女方的社交帳號。反正撒謊毫無成本，這種命中註定的邂逅故事，又有哪個女人抗拒得了呢？

「滿分。」

我衷心讚美男偶今晚的表現。

茹素目不轉睛盯著回放的錄影，傻乎乎地說：

「這麼帥的男人，又體貼女人，我覺得我也要愛上他了囉⋯⋯」

我忍不住失笑。

「他絕對不會愛上妳的。」

「為甚麼？」

「因為他是甲甲 —— 你用彩虹的浪漫溫柔包裝，衣櫃不算太寬，藏著你的天堂 —— 」

我唱出某首名曲的歌詞，惹得茹素笑著狂捶我。

老公鼻鼻～ 我們要結婚的話，房子是寫我的名字嗎？我爸媽結婚的時候，房子是掛在媽媽的名下。你呢？你會買房子給我嗎？

才認識一個月，竟然已發展到談婚論嫁的地步。不過這樣也好，因為我們必須在限期之內，完成米祿給予的難題。

「唔，這個女的中毒已深。」

薛丁格日夜都在緊張騙局的進度。

他吩咐茹素用性感女生的帳號，在虛擬人設的社交媒體留言，刺激一下薇薇……嗯，我一直將那個男偶蒙在鼓裡，盜用了他的照片。觸發女性吃醋的情緒，就有借口關閉假帳號，正是一石二鳥之計，以免日後露出破綻。

日期來到十二月十日。

飛田遇到一些小麻煩，原因是薇薇糾結在買房子一事，不管他怎麼哄她，這個女人就是放不下。

果然是個難搞的女人。奧客。

「馬的！這個女的到底知不知道，台北市的房子貴得要命！她想要房子，自己幹嘛不買？」薛丁格大罵。

「我套過話，她自己的帳戶真的有一千萬。」飛田接話。

薛丁格猛然瞪大雙眼。

「她不是才二十六歲嗎？畢業沒幾年，哪來的一千萬？哦！難道是副業……」

茹素好沒來由插話：「嗚……我的存款長期只是四位數……」

飛田皺著眉解釋：「不是的。她的職業是女兒。她爸爸是某私校的校長，連明星都要搶著送子女進去。」

薛丁格吶吶道：「哇……原來是一條大金魚。」

在詐騙集團的暗語中，「大金魚」象徵家境富有的受害者，這些受害者往往入世未深，有一顆容易上當的金魚腦。對集團來說，值得投入更多時間和精力鎖定這種目標對象，就像養在魚缸裡呵護，等待撈起的一刻。

可是，這條大金魚很難撈起。

接下來的一週，薇薇繼續糾結在買房的事，怎樣也不肯讓步。她甚至說出「沒房子就分手」這種狠話。飛田一拖再拖，也是沒法勸服她。再僵持下去的話，恐怕一吵起來就會破局。

「這個女的好麻煩！」

薛丁格氣得直跺腳。

換了平時，這種對象早就列入冷待清單。

經過一番討論，飛田也想不出突破的話術，彷彿在喊出投降聲明，沉著臉說：「慘了，男朋友的人設是創業家。這下子沒退路了。」

假如這個薇薇得知真相，一組人在背後為了騙她而經常開會討論，真好奇她會有何感想。

我忽然靈機一動，大喊一聲：

「買給她吧！」

大家一臉困惑。

「買甚麼？」薛丁格先開口。

「當然是買房子。買了房子給她，她就會死心塌地吧？」

茹素、達叔、飛田和薛丁格全部愣住，大家看著我的目光，就像看著一個傻子一樣。

公司守則第一條：無本生利。

詐騙集團無異於一般的公司，團隊可以申請和報銷的帳目有限。雖說小財不去，大財不來，但如果一開始要拿幾百萬出來設局，這樣的事絕對不可能獲得批准。

一週後。

十二月二十四日，當大家看見螢幕上那張買賣契約，紛紛露出難以置信的表情。買方是薇薇的名字，但付款人是虛擬男友的姓名（在台灣改名超容易，人頭帳戶的戶主按照指示，將姓名改到跟我們的人設一致）。即是說，薇薇沒有支付任何錢，成交的房子就掛在她的名下。

任憑大家如何細看，都看不出偽造的痕跡。

那還用說，因為這一堆房子的買賣文件都是真的。

「這是怎麼做到的？」

飛田平日甚少開口，這一次他破例向我請教。

薛丁格乾瞪著眼，重複了同樣的問題：「你這傢伙怎麼做到的？我肯定沒匯款出去……」

「秘密。」

我得意洋洋，暫時賣個關子。

看著大家疑惑的表情，我又補上一句：

「這一次我使用的手段完全合法。」

LEVEL 11

幫未婚妻付頭期款

自從那一晚的燭光晚餐，我約僱的出租男偶銷聲匿跡。我知道男偶的心理底線，他一定不會協助做出違法的事。

薇薇只跟帥男友見過一次面。

一次就夠了。

浪漫的聖誕節前夕，她收到男友的短訊通知，與房地產仲介約時間上門看屋。房仲說，只要她點頭答應，房子隨時可以過戶，掛在「朱薇安」的名下，頭期款全部由那個沒出現的男方代付。

雖然只是新北市的老房子，與市中心有點距離，但薇薇感受到理想老公的愛與承諾。更重要是她不用出錢，就有了一戶房子，這段婚姻等於有了鑽石一般的保障。

老婆鼻鼻，喜歡我準備的愛巢嗎？妳有想像可愛的孩子在奔跑的畫面嗎？

這不就是正式求婚的意思嗎？

由那一瞬間，薇薇彷彿穿了上幻想的婚紗，沐浴在幸福的愛河之中。

是房子耶！

沒有女人可以拒絕的。

等我們結婚，就由我來揹房貸。

甜言蜜語加上真實的房子，薇薇已經徹底情迷意亂。當她去到銀行申請房屋貸款的時候，毫不猶豫就在契約上面簽了名。她有一千萬的存款，又有固定的工作，當然很容易通過銀行的審批，順利借得到房貸。

不久，薇薇領到了房屋權狀。

房屋權狀寫著「朱薇安」的名字，上面有地政事務所的蓋章。

一切既夢幻又真實，薇薇立刻傳照片和訊息過來，每句話都洋溢心心飄揚的愛意。

在辦公室這一邊，薛丁格抓著腦袋，向著我嘀咕：

「房仲是真的。銀行職員是真的。房屋權狀也是真的……奎元，老子不想猜了，你快招來，這中間使了甚麼詐術？」

組長一再追問，我只好透露真相：

「那是很難脫手的房子，房仲是我的朋友，他說屋主一直很頭痛。我說有辦法幫忙找到買家，他們當然高興得喊爹。你看看買賣契約，薇薇買下這房子的成交價是多少？」

這時候，全員置身在關門的獨立辦公室。茹素、達叔和飛田站在我的後面，只有薛丁格在大班椅上坐著。

「兩千兩百萬？」

薛丁格恍然大悟，猛拍桌子大叫：

「我懂了！低買高賣！」

說破了就是這麼簡單。

我微微一笑，親自解說：

「一千八百萬的房子，標高到兩千兩百萬出售，這中間是不是有貓膩？在台灣，有甚麼新青年的購屋方案，四百萬的差價，已經足以支付頭期款。只要跟房仲、原屋主講好，設計陰陽合同，在中間套利差，就可以促成交易……而且這一切完全合法。」

「羊毛出自羊身上？馬的，虧你想得出來。」

我不得不承認—— 本人確實是個奸商。

在整場交易中，原屋主笑呵呵，房仲笑呵呵，銀行也有賺，只有薇薇吃了大虧，無辜成為負資產一族。她傻乎乎以為男方付的頭期款，實際上是來自她欠銀行的債務。

飛田唸唸有詞：「這個薇薇只剩下戀愛腦，她沒有買賣房子的經驗，所以不會去查證房子的市價……」

我立刻接話：「說得沒錯！這個女的不食人間煙火，根本活在自己的世界。就算她懷疑買貴了，我也準備好一堆哄她的理由。」

當一個女人沉溺在幸福之中，情人的話句句都是不容懷疑的真理。

我別過了臉，與茹素的目光交接。

茹素眼睛瞪成銅鈴，盯著我問：「如果我是薇薇，我也一定會中計。套路很深啊……奎元你快說，你到底騙過多少女人？」

她心裡沒罵出口的詞語，一定是「渣男」兩字。

我為了表示清白，一臉無辜地說：

「對於真心愛上的女人，我反而不敢騙她。哪怕只是一次，我也絕對不會騙她。」

「為甚麼？」

「因為我怕她發現真相，我就會失去她。」

這是真的。

不知是否觸動了茹素的心事，她的眼角微微泛紅。有些話湧上我的喉頭，但眼見其他同事在場，我只好硬生生嚥下肚裡。

但我倆的小劇場根本沒人理，大家都在分析這一次的騙案手法，設想未來可能發生的情境。結論是只要男方矢口不認，薇薇也是沒轍，最可怕的是在我們要剝皮之前，她也不會意識到被騙的事實。日後我們操縱她抵押房產去借錢，一切只屬私人財務糾紛，這樣報警也不會受理。

飛田讚歎不已：「這個詭計太神了，雖然極不道德，但是完全合法⋯⋯堪稱完美的犯罪。」

薛丁格對我更是讚不絕口：「你天生就是要吃詐騙這行飯！」

我的心情五味雜陳。應用心理學的最大價值，竟然是應用在詐騙的層面。只要詐騙集團在大學擺攤招攬人才，心理學系的畢業生就不愁沒出路。

在詐騙園區上班，賺大錢好像玩遊戲一樣簡單，這無疑是一份毀壞價值觀的工作。

正是整個社會的價值觀爛掉，詐騙組織才會像癌細胞一樣叢生。

我想起以前唸大學的時候，有同學向教授提問：

「既然畢業等於失業，我是不是選錯了科？」

教授的回答一直烙印在我的腦海：

「文學、歷史、哲學、心理學……這些學科都是研究人類，幫助我們了解人性。人為甚麼活著？活著為了甚麼？商科、理科、專業學科可以教你賺到錢，卻幫不了你上天堂。」

——**人為甚麼活著？活著是為了甚麼？**

我的思緒一閃，飄回了辦公室。

達叔正在跟飛田交代任務，接下來就要哄騙薇薇前往有毒的網頁，安裝達叔設置的惡意APP。

等到飛田走開，我跟達叔聊天打屁：

「其實喲，注意一下網址，檢查一下安全憑證，真有那麼難嗎？」

「很多人出來社會之後，腦部就開始退化咯。尤其是女人，她們的電腦壞掉，總是叫工具人來幫忙修理。我可以下斷言，九成女人都是電腦白痴！」

有了快半年的工作經歷，我也禁不住發出感言：

「這就是貪嗔痴的痴吧！有很多女人哪，她明知道是騙局，她都不願讓自己醒來。如果點破啦，錢沒了，人也沒了，多可憐。」

愛情的本質跟詐騙相似，都是設套令目標對象著迷的心理戰。

一月一日。

薛丁格將薇薇的照片抽離白板，由「**養**」那一格移到了「**殺**」。

下一步是五鬼運財，逐步騙光薇薇的一千萬存款。

又是老套路，創業家的事業出了狀況，又或者捲入商業訴訟，需要借錢來渡過短暫的難關。

房子都買給妳了，妳還不相信我嗎？公司有了這筆周轉金，我將會接下更大的訂單，將來一定更愛同甘共苦的妳，妳是我的糟糠之妻……我發誓一定會給妳幸福，難道妳不憧憬我們的未來嗎？

這一戰，我們即將迎來收割的時刻。

如無意外的話……

比賽期限倒數一個月，時間尚算充裕。

可是，我看著白板上的薇薇照片，就是覺得哪裡不對勁。

這次的頂級騙徒挑戰賽，實際上可是選拔獄長的內部競爭，米祿出的題目真的只是這麼簡單嗎？會不會有我們忽略的重點？我昔日受過嚴格的填鴨式教育，很會揣摩出題者的心思。

——米祿曾經騙倒某國的真公主⋯⋯

哦！

我腦海裡閃過一個念頭，如同強光照遍黑暗，呈現一扇全新的詐騙之門。

二月一日。

大年初四一大早，園區全員上去天台集合，參加年度大會。

「恭喜發財！共同富裕！」

「瞞天過海、口吐蓮花、騙盡天下！」

「詐騙同仁一家親，恭祝大家開單開到抽筋，數鈔數到手軟～」

四大獄長站台，向貨櫃下的數百名奴工賀年。老千魔術表演、鞭炮滴蠟特技、脫衣舞孃群舞秀、短劇《衣衫不整的致富之路》⋯⋯一輪炒熱氣氛的節目過後，便到了壓軸的環節，一年一度的叱吒奴工頒獎典禮。

銀髮的女司儀穿了低胸裝的紅色旗袍，逐一公布各大獎項——年度詐騙金句、最佳電騙男主角、最佳騙案編劇、最逼真網頁效果⋯⋯

壓軸之中的壓軸，正是由米祿宣布入選最終決選的隊伍。

「這次詐騙公主的挑戰，很多組別都有精彩的演出。他們用溫暖的服務態度，把公主銀行裡的錢掏得一乾二淨。哭哭，太令我感動啦～ 最後，我們四位評審選出三組團隊，進入最終決選 —— 恭喜你們～ 入選隊伍是 A 棟的龐茲組、B 棟的魯蛇組……最後是 D 棟的薛丁格組～」

雖然是意料之內，聽到確定的消息，我們的心情還是有點激動。我借機和茹素抱了一抱，終於明白甚麼是胸前偉大的反彈。

在貨櫃台上，米祿忽然望向我們這邊，送出一個飛吻。

「啾咪～ 我要特別表揚 D 棟十八樓的薛丁格組。他們猜對了我的心思，不只騙到公主要借錢，還為園區帶來了十億的潛在收入！」

十億！

全場炸了鍋，震驚的人聲淹沒了整個空間。

「唷呵！」

薛丁格高舉雙臂，做出原地自轉的囂張動作，邁出自信的步伐，走上通往貨櫃鐵梯的紅地毯。今天他知道有機會上台，特地穿上雪白西裝，戴著白色軟呢帽和名牌太陽眼鏡，造型模仿已故的樂壇天王 MJ。

我卻深感不妙，槍打出頭鳥，這樣到了下一輪選拔戰，咱們組很有可能成為眾矢之的。

台下忽然有落選的組別提出抗議：

「不公平！每個公主的身價都不一樣，咱們騙光了妞兒的存款，她也只有一千萬……哪來十億啊？」

米祿皮笑肉不笑，疾言厲色地說：

「別用你的無能，來質疑別人的實力！我給次輪入選團隊派發的公主牌，全都是差不多的背景，競爭條件保證公平公正。大家想想看，全球精英雲集的詐騙園區選拔新獄長，我對未來夥伴的要求豈會這麼簡單？」

訓斥一番之後，米祿又說話打圓場：

「不過也謝謝你的問題，讓我有機會教育一下大家——富家子女的背後，都有一個富貴的家庭。我們往往急著收割，小看了背後潛藏的利益。像薛丁格組詐騙的公主，他們利用公主作為開門匙，成功打開了金礦之門，挖掘出更大的可能性。沒騙你，十億是由集團精算師估算的數字。這次的案例會成為大家的教材，希望大家明年好好學習。只要敢想敢騙，財富就與你同在！」

薇薇的老爸是台灣某著名私校的校長，入學子女非富即貴，不是政客的後代，就是大財團的繼承人。

創業家開發了APP，叫未婚妻找家人下載和測試，這樣的事很合理吧？

只要在薇薇爸爸的手機植入木馬程式，達叔就有法子入侵系統，暗暗散布傳染病一般的喪屍病毒。公司的防火牆再強又如何？潛伏的惡魔直穿後門而入，控制內部每一台呆呆的電腦。

學生的資料、家長的背景、員工的薪資、內帳的財務報表……利用校長的最高權限，來解密那些重重保護的數位資產，再自動截檔和打包，悄然傳輸到敝園區的伺服器。曾經極難偷到的機密文件，因為高速的網絡而瞬間失竊。

是的……

我們要騙的不僅是薇薇，還要詐騙她的全家。

騙完她的全家，再敲詐身邊的所有人！

米祿分發給入選隊伍的女性清單，都是有家族背景的富家女。利用一個女人的關係網，來榨乾她的一切「感情價值」，這就是米祿真正的考驗。

邱比特是令人相信愛情的神。

而米祿是帶來情恨的黑色邱比特，在他作弄之下，令一個個女人變為怨婦，永永遠遠詛咒愛情和男人。

——**靈魂的詐騙，比金錢的詐騙更可怕。**

真是一針見血的一句話。

很可悲。

對我們團隊來說，薇薇只像個虛幻的玩物，在遊戲中必須攻略的角色。作戰成功，完美通關，她淪為了炮灰。

但她是活生生的人。

會哭會笑、有血有肉的人……

人，就是靈魂加上軀體。

說到詐騙，很多人覺得自己身無長物，哪有甚麼好騙的呢？

殊不知，標的物是你整個人。

只要拿到你的銀行帳戶，就可以用來收錢和匯款，害你成為共犯。只要竊取你的個人資料，就可以利用關係網，去騙你的親人和朋友。

假如集團發現你是人才，就會騙你進來園區。在你受到招聘的時候，公司會以「工作需要」為由，免費為你安排身體檢查。

你不是窮光蛋，你是集團眼中的金蛋。

就像一台車，全拆或者拆下部分零件去賣，都可以換取豐厚的利潤。廢柴、流浪漢、欠債的賭徒、絕望的年輕人……全部都是可以買賣的商品，正如古時的奴隸一樣。

身體髮膚，受之父母，只有愛惜自己的人，才不會掉入黑暗的圈套。

「因為人性可以壞到超乎想像，騙子可以騙光你的一切。這輩子不想含恨而終的話，就要小心我們這些騙徒——」

這是我這個騙徒的懺悔。

我用別人的天真換取我的自由，每一分贓款都鏤刻著一筆罪業。就算最後我能帶著茹素逃出園區，這段經歷也是我們一生的夢魘。

日日夜夜，萬劫不復，罪行的鎖鏈將我們的靈魂拖向地獄的深處……

俄羅斯謊塊

【黑房】

詐騙園區中關押和懲罰奴工的地方，試圖逃跑或違反內部規定的奴工都會受罰。房間裡的條件惡劣，如同豬籠一樣，便溺都要用尿盆或屎缸解決。

【水房】

專門負責處理、洗錢及轉移贓款的單位，擅長透過各種技術手段和複雜的轉帳路徑，提高警方追查金流的難度。

LEVEL 12

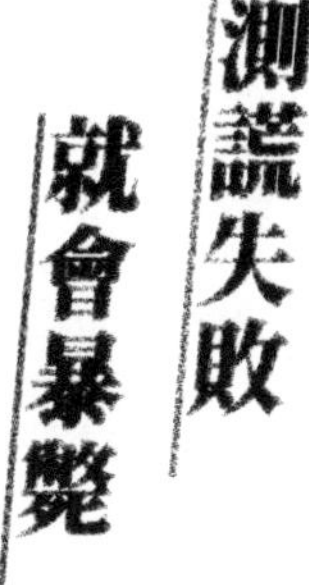

登入公司內部系統，可以查詢個人持有的斯堤幣。

螢幕顯示的數值是五千萬。

五千萬斯堤幣，大約可以兌換二十萬美元。二十萬美元大約等於六百萬台幣，再這樣在園區混下去，年薪破千萬這樣的事不再是夢。只不過，我知道，就算身懷巨款，離不開園區也是沒用。

入選精英奴工之後，我們在園區的地位也今非昔比。

現在，咱們這幾個薛丁組的組員，都可以享受特權，換上自己喜歡的衣服上班，穿金戴銀貴球鞋。說起來真諷刺，穿衣服明明是天賦的人權，在這裡卻變成需要賞賜的自由。

雖然不能外出，但我有了特權和錢之後，便可以上網購物。在網上購物平台「阿媽桑」下單的東西，由門崗的守衛簽收，再通過拆封的檢查，就會送上來十八樓。

三月三十日。

終於到了最終選拔賽的日子。

咱們組全員五人，一同走進往下降的電梯。

我斜望電梯裡的鏡子，一條深藍色的韓系收腰連身裙，茹素盡顯身材上的優勢，露出的美腿亦是賞心悅目。

自從她穿便服上班，我就大飽眼福，常常以不同的角度偷望她⋯⋯這樣的行為發乎情止於禮，學術上稱之為「高度沉浸式體驗的人體視覺研究」，包括非接觸式和非語言性的數據收集，有助提高大腦認知的美感鑑賞力。

「奎元，你抓起頭髮，真的特別帥呢！」

茹素的讚美，當然令我沾沾自喜。

為了裝酷，我只是點了點頭，隨即露出邪魅的笑容，帶點玩世不恭的態度。我就知道，男生不壞女生不愛，除了恰到好處露出的名牌內褲腰帶，還有低腰的破洞牛仔褲，都在不經意間散發出一股不羈的叛逆感，整套衣著正是本人今天的戰衣。

「好，烈焰頭，戰意高昂啊！」

薛丁格今天也穿得像個土豪一樣，從頭到尾都是奢侈名牌。達叔懶洋洋，飛田悶聲聲，兩人的衣著跟平時一樣，都是樸實無華的衛衣和棉褲。薛丁格罵達叔怎麼穿拖鞋，但發現得太晚，已來不及更換。

叮、叮！

八樓，開門。

一出電梯，就看見奇怪的牛頭人像，豎立在紅漆中式門的入口旁。

大樓裡竟然有這種怪地方？

我只聽說八樓有個大堂，沒想到是不倫不類的詭異風格。室內設計師就像吃錯藥一樣，亂湊中西元素，門廊和窗台是西洋風，天花板卻是中式的壁畫，室內既有飛簷斗拱的衙門，還有火爐和古董鏡，裝潢猶如敦煌石壁融合凡爾賽宮。

總之，最終決選的會場，就是眼前的大堂。

燈光耀目得刺眼。

兩盞巨大的官燈投下熾白的光，官燈下有張硬木雕飾公案桌，桌後站著面容黧黑的彪然壯漢。

黑鬼鍾九！

這一輪的主持人看來是他。

在他的兩側，六個人一字排開，有幾張是我見過的臉孔，我認得是天網部的打手。

全員走近，我定眼一看——

鍾九穿著圓領的冑甲紋緊身衣（品牌是 UNCLE ARMOUR），紋路呈現出胸肌的緊實輪廓。我領教過這個獄長的審問，他是個狠角色，要肌肉有肌肉，要頭腦也有頭腦。

緊隨我們之後，另一組也進場——靜悄悄的腳步，像鬼鬼祟祟的偷吃冰箱成癮症患者。

組長是穿著長袍的白髮老翁，有點像「啃德雞」的老爺爺肖像，戴著邪眼的項鍊。他的手下有一男三女，園區男多女少，這是罕見的團隊組合。男手下長得一副賊相，女的身材分別是Ｌ、Ｍ和Ｓ三個尺碼，環肥燕瘦各有脂肪。

「薛丁格先生，久仰大名！」老翁過來打招呼。

「名甚麼名，都是臭名！哪像你！收攬這幾個女組員，豔福無邊啊……」

薛丁格又說了一些客套話，我肯定他要麼忘記了老翁的名字，要麼沒有查探過老翁的底蘊。其實我看過照片，這個老翁姓龐名茲，龐茲組正是因為他才叫龐茲組。

咔嗟、咔嗟！

高跟鞋踏在地板上的聲音異常清脆，像刮著人心那層薄薄的神經皮。

入口那邊出現一列人影，由兩位打手引領入場。

中心人物是一位惡形惡相的婆婆，棕色大褸的剪裁俐落得像刀鋒，由頭到腳全是名牌，貌似《來自扒打的惡魔》裡的女BOSS。四個跟班都是奴顏媚骨的男人，她就像帶著四個小太監上陣。

「魯蛇組駕到！」

這番話就是出自那四個小太監之口。

三組人馬到齊，鍾九大人做完健美先生的伸展動作，便向著在場的十五位參賽者講話：

「這一輪換我當主持人啦！你們在詐騙方面的才華，我是絕對不懷疑的。不過嘛，要當上獄長，可不是只會耍嘴皮——得有管人的真本事。對我來說，最重要的能力就是看穿謊話，拆穿下屬的鬼話。」

聲如洪鐘，這傢伙根本不需要麥克風。

「我忘了是誰講的道理，反正有人說過——說謊的本能刻在人的骨子裡，小屁孩還在吃奶的時候就懂說謊了！」

嗯。我不確定鍾九想說的是誰的道理，但我知道心理學家皮亞傑有這方面的理論。當小孩發展出語言能力之後，就會開始有意識地說謊，因為他們意識到「別人不知道我知道的事」。

說謊可以避免懲罰，或者從中得到糖果或讚美，所以說謊的行為是一種正常的心理發展。

「今次是鬥智鬥膽量的生死鬥——」

下一秒，鍾九喊出最終選拔的題目：

「俄羅斯謊塊！」

鍾九背後的內牆是 LED 大螢幕。

螢幕正映出「俄羅斯謊塊」五個大字。

和我猜想的一樣，最終選拔不再是騙外面的人，而是頂尖騙徒與騙徒之間的互騙。

就在此時，場內的打手陸續搬出方桌和椅子，布置交戰的舞台。轉眼間，會場中間擺好了三組桌椅。

鍾九向著我們三組人，大聲朗讀比賽規則：

「謊塊，就是有劇毒的冰塊。冰塊將會浸在七十毫升的水裡，隨有蓋的大茶杯遞上，誰喝了就會暴斃。這一輪比賽是團體戰，組與組較勁，勝出的一組將會得到終極面試的機會，與我們四位獄長共赴晚宴。」

不知由何時開始，鍾九手上多了三件紅袍。

「賽局主題是測謊，每組五人，選一位代表當檢察官。剩下的四個成員都是疑犯，每人收到一張文字貼紙，與眾不同的就是真罪犯。例如，三張貼紙寫著『番茄炒蛋』，一張寫『苦瓜炒蛋』，抽中『苦瓜炒蛋』的成員便是罪犯。」

紅袍是給檢察官披上的 COSPLAY 服飾。

鍾九將紅袍遞給薛丁格、惡婆婆和老翁。

「每一局開始之前，誰要當檢察官，都是隨你們自己選。三組同時進行審問程序，目標是處決別組的罪犯。檢察官指名別組的成員過來審問，先叫先得，成功整死罪犯的話，罪犯隸屬的全組立刻被淘汰。至於整死罪犯的方法，請大家看看說明！」

後牆的大螢幕映出每一局的流程圖：

※ 檢察官事前會知道三個罪犯的貼紙文字。

「這是基本的流程，每一局又分成好幾輪，審問程序不停重複，直至有人暴斃為止。勝利條件是檢察官抓對別組的罪犯，迫他喝到有毒的冰水。為了幫助大家審問犯人，我準備了測謊機，準確率大約是八成。」

鍾九鼻孔噴氣，又說下去：

「審問結束，會場的服務生會端來兩杯有冰塊的水。如果審問對象選中了罪犯的話，其中一杯水就會有毒。」

畫面一轉，顯示懲罰環節的補充說明：

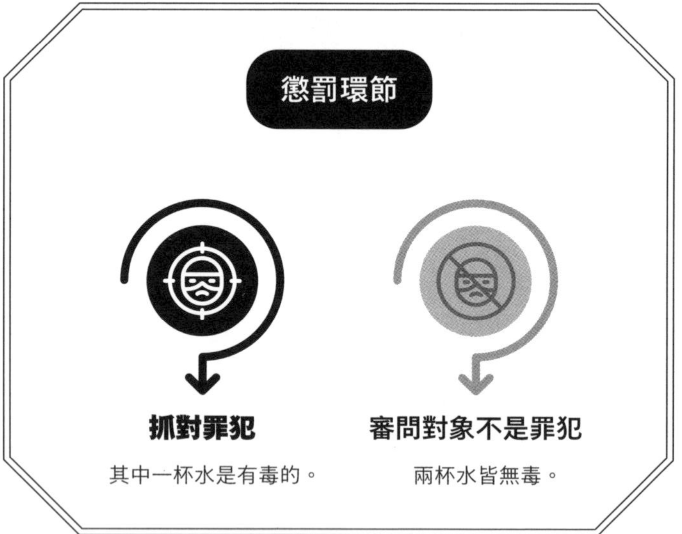

※ 無論哪一種情況，都是被審問的對象先喝水，
檢察官等待結果才決定跟不跟著喝水。

以下是檢察官抓對罪犯的情況：

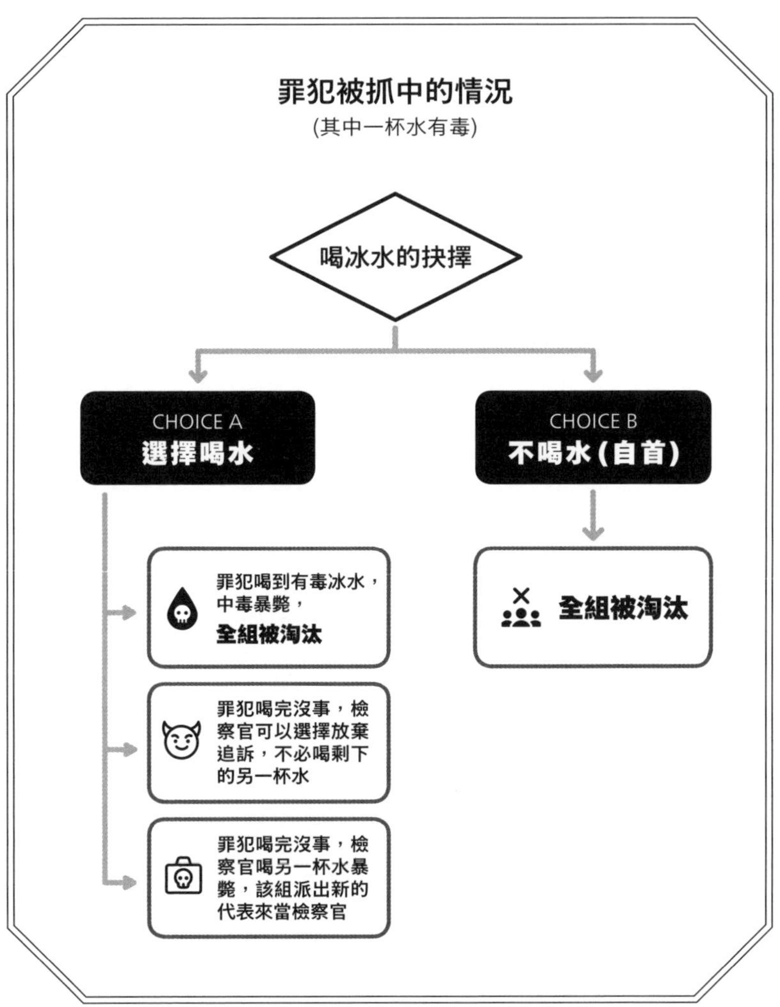

我看了一會，大概明白了玩法。

簡單來說，檢察官要在一眾疑犯之中挑出罪犯，然後會有二分之一的機率威逼他喝到有毒的冰水。

「我不會強人所難，擔當罪犯的參加者想保命，當然可以選擇自首投降，不過會連累自己全組人被淘汰。死的死，求饒的求饒，最後只剩一組，該組便是大贏家……」

當鍾九說到這裡，惡婆婆提出了疑問：「同一局當中，如果兩組抓對的罪犯同時暴斃呢？」

「那就是平手，重新再來一局。我保證，這情況很難發生，有人看見旁邊有人暴斃，躺著就能贏，傻的才會繼續喝水。」

「檢察官也會死的唷？」薛丁格衝口而出。

「這樣才刺激啊！不過，檢察官死亡，並不會害同一組被淘汰。那一局會即時結束，重新開局的時候，該組就要選派組員來當新的檢察官。」

鍾九咧嘴大笑，又說：

「總之審問結束，各組檢察官的桌上就會出現兩杯水。兩杯水都有冰塊，再加上蓋子，絕對看不出哪杯是毒水。如果審問的不是真罪犯，兩杯水皆無毒，疑犯喝完一定沒事，但檢察官還是要決定喝不喝另一杯水。請大家想想，站在檢察官的角度思考，他不喝另一杯水的話，就不會知道對方是否真罪犯，因為罪犯也有可能喝到無毒的水。」

我想了一想，立刻想通這個規則的奧妙——

這個遊戲真陰毒，要排除罪犯以外的疑犯，檢察官就要冒險喝水。就算抓對真罪犯，但假如罪犯僥倖喝到無毒的水（機率是二分之一），檢察官喝下另一杯水就會暴斃。

如此看來，這個關卡的重點是檢察官與真罪犯的博奕，可以說是賭命的測謊實驗。

「第一局，我來當檢察官吧！」

薛丁格自告奮勇挺身而出。因為白髮老翁已披上檢察官的紅袍，魯蛇組亦由組長惡婆婆上陣，薛丁格瞧見這樣的事，當然不會放過表現的機會。說到底，沒有人知道獄長遴選的準則，一眾組員也有可能威脅組長的地位。

會場中間有三張方桌，各帶兩張椅子，一張是太師椅，一張是小摺凳。

三張桌，三台測謊機。

沒有隔幕，審判是公開的，人人都看得見。檢察官在審訊期間，也可以關注隔壁的情況。

鍾九大喝一聲：

「各位檢察官就位！」

沒有試玩，直接來真的，展開最終決選的一戰。這時候，在我們一眾參加者的眼中，這只不過是一場遊戲，甚麼死亡只是個比喻，並不相信會有人因此身亡。

由會場的服務生手上，我們逐一抽取文字貼紙。

文字印在黏貼的一面，而這種貼紙的黏性只適合貼一次，所以貼在身上之後，撕下來再貼就會鬆皺皺的。也就是說，交換貼紙這樣的作弊手段是不行的，單眼佬也會一眼看穿。

飛田、達叔、茹素和我圍圈討論，我怕其他組有人懂得讀唇術，所以提醒大家要掩著嘴巴說話。

「飯碗。」飛田說。

「飯碗。」茹素說。

「飯桶。」達叔特別小聲。

我的貼紙也是「飯碗」。達叔毫無疑問是咱們組的罪犯，他這個人不太會說謊，這樣的開局有點不妙。

咚——咚——咚！

「威武——」一眾打手齊喊。

鑼聲一響升堂，這是開審的訊號。

一開局，惡婆婆指著飛田，喊道：「我要那個蘑菇頭。」

老翁則指著茹素：「那我要那個胸膛豐盈的妹妹。」

有腦袋的人都明白兩人的意圖，龐茲組和魯蛇組早就明謀暗合，槍頭一致對準咱們組，除之而後快。

薛丁格選的是惡婆婆麾下的男奴，一個瘦削的光頭佬。

三張桌。

惡婆婆對著飛田，老翁對著茹素。

薛丁格對著光頭佬。

桌上的測謊機看起來像一台小型控制盒，大小約等於一台音響主機，上面有按鈕、旋鈕和數位螢幕。有條類似量血壓的袖帶，綁在疑犯的手臂上，另外也有夾手指的感測器材。

由我這邊，聽不見他們審問期間的對話。

嗶、嗶！

薛丁格桌上的測謊機忽然響起提示音。

他嘿嘿一笑，喊聲傳到我和達叔的耳中：「我是五毛小五郎！我的直覺一擊即中！」

我和達叔交換一個眼色，保持審慎樂觀的心態。

不久，鍾九當庭吶喊：

「審問結束！天理昭昭，準備懲罰，上冰水！」

服務員迅速擺上有蓋的茶杯，一組兩杯，分別置於三張桌上。

茹素和飛田只是疑犯，所以兩杯水都不會有毒。他倆還是裝模作樣考慮了一分鐘，才舉起其中一個茶杯喝水。

薑是老的辣，惡婆婆和老翁看在眼裡，似乎都看透了這種小把戲。兩位老人面無懼色，舉起剩下的茶杯，仰頭一飲而盡。結果證明安然無恙，惡婆婆的唇角浮出一絲微笑，而老翁爽爽快快站了起來。

我關心的是另一邊，暗道：「薛丁格有沒有抓對了罪犯呢？應該不會這麼倒霉吧……」

瘦削的光頭佬舉起茶杯。

他的手有點抖。

光頭佬喝完冰水，坐著默不作聲，喉頭滾動得清晰可見。

他在畏懼？還是在演戲？

沒有暴斃。

薛丁格皺起了眉頭，顯然是感到困惑。

我看他心裡一定在想：「究竟光頭佬是罪犯，還是只是裝模作樣的疑犯？剛剛他是幸運喝了無毒的冰水，還是兩杯水都是無毒？」

驀然間，我想到一個可能性，就是說老翁如果不准下屬交換情報，光頭佬豈不是不知自己是罪犯？剛剛測謊機嗶嗶作響，很有可能是因為他過度緊張。

接著，薛丁格拿起桌上另一杯水，一咕嚕灌下喉頭，喝個乾淨痛快。

這一次我贊同薛丁格的策略，使用排錯法，至少可以排除一個疑犯。反正這一局對我們不利，他不幸判斷錯誤，也只是喪失檢察官的資格，咱們組還有機會在新局捲土重來。

對了，我忽然有個疑問：喝了毒冰水會有甚麼反應？拉肚子嗎？還是昏睡？

「馬的……」

薛丁格反轉手腕抹了抹嘴，若無其事走過來。

快到我們面前的時候，他的腳步突然歪七扭八，再走兩步，臂膀像脫落一樣傾斜，一下子癱倒在地，雙手雙腳扭曲成不自然的姿勢。

臉如紙灰，眼珠往上翻，只剩駭人的眼白。

「啊——！哇啊啊啊救命啊！」

耳邊傳來茹素的尖叫聲。

太誇張了。

原來這是真的會死人的比賽！

LEVEL 13

十三

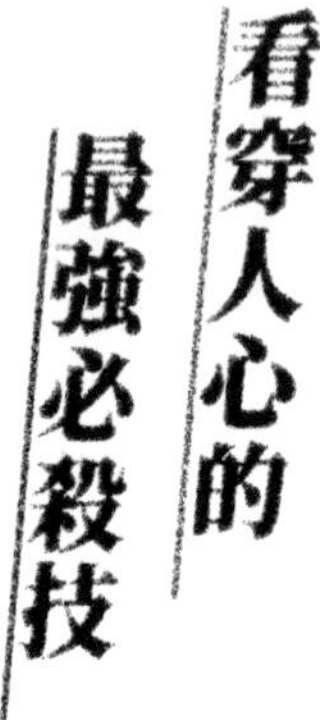

看穿人心的最強必殺技

地上的薛丁格動也不動。

「我學過急救，給我來！」

我伸指摸向薛丁格的頸動脈。

飛田、達叔和茹素一一過來，大家怔怔地看著我定格的動作，似乎都在奇怪我怎麼沒進一步的行動。

「不用急救了。已經沒有了脈搏。」

這個死法是急性中毒，而且是效力超猛的劇毒。

「天呀⋯⋯」

茹素和達叔哭喪著臉。

死亡不是遊戲中的比喻，而是真的會中毒暴斃。

說時遲那時快，會場中四位打手挽著大袋子過來，原來是裝屍袋，包起薛丁格的遺體，眨眼間搬出了外面。以我所知，中毒的器官沒有再用的價值，我們的組長總算是保住了全屍。

茹素本來驚嚇得發愣，一回過神來，不禁衝著獄長鍾九大罵：

「這樣太過分了吧！」

鍾九卻理直氣壯地回嗆：

「誰跟你們玩遊戲！我有言在先，這是賭命的生死鬥！誰不想玩的話，可以全組棄權。」

儘管有這麼高的風險，龐茲組和魯蛇組都沒有棄權。人性盲從，服從權威，茹素、達叔、飛田和我悶不作聲，只好硬著頭皮玩下去。

眼前是一大困局，我們只剩下四個人，減掉一人當檢察官，僅有三人分擔疑犯和罪犯的角色。這樣一來，敵組很容易就會抓對人。亦正是如此，大家都抱著必敗的打算，所以沒有主動宣告退出。

「誰要當檢察官？要抽籤嗎？」達叔問。

我毫不猶豫舉手。

「由我來吧！聽著，大家的策略是保命為上，誰是罪犯的話，出去受審一定要自首，乾脆投降，千萬不要喝水。」

我披上檢察官的紅袍。

檢察官是最容易死的角色……為了保護茹素，我決定挺身而出。

在升堂開審之前，檢察官有權知道罪犯專屬的貼紙文字。這一局是**單車**、**臭豆腐**和**賓夕法尼亞州**，印有這三串字的貼紙，已分派給三組的組員。

咚——咚——咚！

鑼聲一響，新的一局開審。

敵組沒換人，依然由惡婆婆和老翁當檢察官。

有別於前一局，兩人保持緘默，沒有急著指名受審的對象。

惡婆婆眼神游移不定，雖然只是一剎那的表情變化，但我似乎洞悉了她的鬼主意。我眼見機不可失，立刻指著老翁隊中的一員，那個L碼小姐——我幫她取了一個代號：坦克。

「妳！就是妳！快出來受審吧！」我故意裝兇。

坦克小姐躡手躡腳走出來。

一轉臉，我向惡婆婆眨了兩下眼，作出模稜兩可的暗示。為了挑撥離間，我又補上一句：「前輩，將來妳那邊缺人的話，記得要關照一下小弟喔！對了，我有個怪癖，最愛舔高跟鞋～」

局勢一失衡，老翁果然不甘心吃虧，隨即指向惡婆婆麾下的男奴，抓了其中一人出去審問。

惡婆婆嘴角一歪，冷冷哼了一聲，眼神像刀子般掃過去，毫不客氣還以顏色，指名老翁隊中的光頭佬受審。

我們一一走到三張桌子那邊。

坦克小姐坐在我的對面，她戴著測謊機的袖帶和指尖。

我看也不看測謊機的螢幕。

這個儀器的原理只是測量生理反應，例如心率、血壓和呼吸的變化。

不管測謊機的準確率是八成，抑或是九成，只要準確率不是百分之百，根本是一台沒用的垃圾儀器。

這也是測謊用於鑑證為人詬病的一點，基本上只能當成一種心理戰術，坑蒙誘騙，嚇到疑犯不打自招。但對於天生無良的罪犯，他們都懂得如何騙過測謊機，測試結果反而排除了嫌疑。

我唸書的時候早已知道，幾乎所有國家的法院，一概都不接受測謊結果作為法庭上的證據。

比起測謊機，我寧願相信自己的直覺。

「……」

審訊已經開始了四分鐘，但我一直沒說話，只是雙眼直勾勾的盯著坦克小姐。她顯得有點焦慮和緊張，吞了吞口水，一度令測謊機響起了提示音。但我沒有反應，繼續目不轉睛的瞪著她。

懂繪畫的人都懂得留白。

懂審問的人都懂得沉默。

沉默是一種間接溝通的權力表現。

這種技巧尤其對心虛的罪犯特別有效。

在沉默過後，我會跟她聊些不相干的話題。廢話愈多的人，十不離九都是真正的罪犯。

我倆恰好坐在正中間，鄰桌的話聲清楚傳入耳中：

「有種交通工具會導致不育，是甚麼呢？」老翁低沉的聲音。

「你不知道賓州在哪兒？天哪！」惡婆婆的聲音。

偷聽完惡婆婆和老翁的審訊，我透過排除法，猜到這一局貼名「**臭豆腐**」的罪犯，應該身處老翁的龐茲組之中。

我暗中盤算，惡婆婆和老翁明爭暗鬥，根本不把我放在眼內。這樣也好，只要我把握到機會，也許可以乘虛而入。

好！揪出「臭豆腐」成了我明確的目標。

審問時間只剩一分鐘。

我終於開始向坦克小姐問話：

「妳是食物嗎？」

「啥？」

她想了一想，才反應過來，回應道：

「是又怎麼？不是又怎麼？」

我卻扯開了話題，鼻子湊上去，板著臉問：

「妳身上是不是臭味？」

坦克小姐睜眼瞪著我，很想一巴掌搧過來的樣子。

——**罪犯不是她。**

如果她是臭豆腐，應該會對「臭」字很敏感，只會想辦法遮遮掩掩，而不會表露出這麼激烈的反應。之後我又問了幾句，坦克小姐的答案都是一句起兩句止，一副懶得理睬的態度。

不是她的話，那麼誰是罪犯呢？

老翁的龐茲組還剩兩名疑犯未受審。

審問時間只剩二十秒。

突然，我眼前一亮，彷彿看見了扭轉乾坤的曙光。

「審問結束！上冰水！」

這一回合毫無懸念之下結束，坦克小姐喝完冰水，我也跟著喝冰水，彼此果然都是相安無事。

惡婆婆和老翁都發現自己抓錯人，結果全場六人喝完冰水，都沒有任何人出現中毒的症狀。

下一輪審問，我就要分出勝負。

咚——咚——咚！

鑼聲一響，又再開審。

又到了檢察官挑選疑犯的環節。

「全場最矮的那位小姐，麻煩妳出來！」

新的回合開始，我二話不說，立即指名老翁隊伍中的Ｓ碼小姐。這一次不用幫她取外號，因為我肯定她是真罪犯，身上的貼紙必定是「**臭豆腐**」。

雖然只是一瞬間，但我瞥見老翁眼中閃過的一絲錯愕，更加坐實了我的猜測。不過，老翁沒有改變策略，還是抓了惡婆婆的男奴出去。惡婆婆卻點名咱們組的達叔出去（我知道罪犯是飛田，他抽中了「單車」的貼紙）。

之前沉默的時間，我其實沒有閒著，而是暗中觀察場外的參加者，亦即是這場模擬審訊的疑犯們。

一個一個抓來審問的話，這樣只是碰運氣的玩法，毫無技術含量可言。

真正值得關注的戰場是場外。

場外的真罪犯不用面對檢察官，一旦鬆懈下來，就會露出破綻。

三張桌，六個人。

Ｓ碼小姐坐在我的正對面。

「小帥哥，為甚麼你咬定是她？她哪裡露出了破綻？」

惡婆婆坐在鄰桌，一坐下就試探我的底蘊。

弱智才會回答。

我聳了聳肩，差點想向她做個鬼臉。

藏在我心裡的答案是——

肢體語言。

此乃看穿人心的最強必殺技。

人的嘴巴滿是謊言，反而肢體語言誠實得多。舉凡 FBI 探員和刑警審訊，他們都會注意疑犯閃現的微表情與身體姿勢，來與應答的說話做個比對，從中挖出口不對心的線索。

像肢體語言這樣的筆錄，在法庭上亦可以是有效的證據。

哪個身體部位最難掩飾？

眼？嘴巴？手臂？

都不對。

答案是腿部。

對正常人來說，他們專注於表情和言語的欺騙，往往忽略了原始的本能。人類的本質是動物，每當動物遇見危險，雙腿都會擺在有利逃跑的位置，與原始的「戰鬥、逃跑、凍結（FIGHT／FLIGHT／FREEZE）」等反射神經息息相關。

因為距離大腦最遠，大腿和腳部的動作更傾向受到潛意識和邊緣系統（LIMBIC SYSTEM）的控制。相比之下，臉部和手部都會受到大腦皮層的控制，而大腦皮層的功能正是理性思考和意識控制。

在社交活動中，人類習慣將注意力集中在臉部和上半身。

因此，即使是說謊者，他們也會把大部分精力放在控制上半身，而相對忽略了下半身。

前一回合喝冰水的時候，S碼小姐眼見同組的組員瞞不過我們，必定想到下一輪會輪到自己受審。在無意識間，她的身體微微傾側，腳尖轉向了會場出口的方向。

這個動作的潛台詞正是：「我想離開當前的環境！」

就憑這個破綻，我鎖定她是罪犯。

K. O.

一擊即中。

審問時間只剩兩分鐘。

沉默至今，我終於向她開腔：

「妳叫甚麼名字？」

「我不想說。」

「那我直接叫妳臭豆腐。」

她的反應很鎮定，但摸後頸的動作出賣了她。男生摸下巴，女生摸後頸，這兩個動作的性質都是心理安撫。

我目光如炬，語氣若冰，厲聲喊話：

「我不會浪費時間審問妳，問一堆無聊的問題。妳是臭豆腐，臭豆腐就是妳。」

臭豆腐小姐抿著嘴不說話，死亡的氣息彷彿已籠罩四周，令她欲哭無淚、面無血色。

審問時間只剩一分鐘。

是時候攻破她的心防。

我直視著她。

「自首吧！我們只不過是打工，何必以死相逼呢？妳要喝冰水的話，可是有二分之一的機率會死啊！就像賭大小，通常是買大開小，輸的不是錢，而是命啊！妳有考慮清楚了嗎？」

奏效了。我彷彿聽見了心牆崩潰的聲音。

時間一到，會場響起鍾九的命令：

「審問結束！上冰水！」

桌面上，我和臭豆腐小姐之間，一轉眼多了兩個大茶杯。

兩杯冰水，其中一杯肯定有毒。

臭豆腐小姐遲疑未決，咬著嘴唇沉思，偶爾有偷瞄我的方向，但我知道她注意的人是鄰桌的老翁。

我擔心她做出傻事，立刻勸說：

「喂！妳不會真的要喝水吧？自首吧！就算妳喝了水，我也不會跟著喝水的。但是，下個回合我還是會叫妳出來，妳逃過了這一回，也逃不過下一回……」

這是我想出來的一招，假如求勝心不強的話，只要確認了罪犯的身份，檢察官根本不用賭命，就可以慢慢逼死罪犯。

坐在鄰桌的老翁突然吐話：

「妳擔不擔心妳的家人？」

這個老翁太卑鄙了，誰也聽得出這番話是恐嚇。

我察覺到他為了逼迫組員赴死，一直不准組員交換貼紙的情報。可是，奴才也是有腦袋的，總會揣摩到自己是罪犯的身份。

老翁面如厲鬼，再說一遍：

「妳不擔心妳的家人嗎？」

臭豆腐小姐就像中了邪一樣，對上司的指示唯命是從，忽然舉起了茶杯，仰首一飲而盡。

唉！

真是沒救了！

一秒、兩秒……

到了第十秒，臭豆腐小姐露出詭異的笑容。

「我……沒事……」

她的嘴角抽搐，顫著顫著，一聲都沒喊就斷氣了，乍然巨響頭部落地。整張臉就像破碎了一樣，全身如同殭屍一樣僵硬。冰冷的燈光下，她的眼睛一直睜開，轉眼間，口鼻裡流出混著血絲的白泡。

「哼。」老翁冷眼旁觀。

根據比賽規則，只要有人中毒身亡，這一局便是結束。

鍾九大力敲了三下公案桌，硬木的響聲穿透人心。

「現在我宣布，龐茲組全員淘汰！」

白髮老翁等人直接離場，拋下陳屍地上的組員，頭也不回、腳也不停，竟然懶得多看一眼。一個嬌滴滴的女生死了，昔日還是同事，這伙人居然無動於衷，彷彿死掉的只是一隻螻蟻。

唉。可憐的奴隸。

「何苦呢？」

我不會取笑這個壯烈犧牲的奴工，看著她死不瞑目的樣子，惻隱之心一動，我便在屍旁跪了下來，用手輕撥死者睜開的雙眼。

眼皮闔上了。

「妳以後不用上班了⋯⋯」

我輕輕呢喃，心中哼唱不知名的搖籃曲。

在這種虐待奴工的活地獄，死亡也許是最好的解脫。

不用再受苦，不用再上班⋯⋯

LEVEL 14

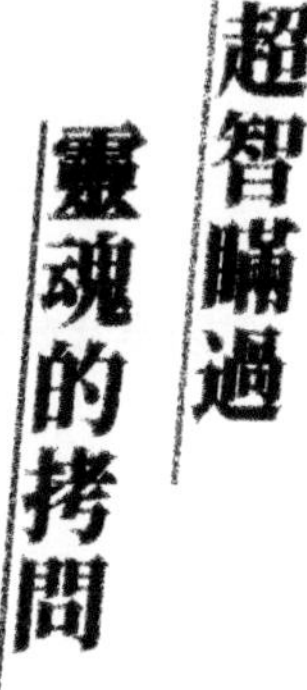

「最後，只剩下兩組囉！各位倖存者，拚命吧！我希望看到的是智力超群的對決！」

主持人鍾九高高在上，站在官燈下那張硬木公案桌上面，顯得更加魁梧和格外有威嚴。

我有預感，這一局將會是終局。

我只希望，不會再有任何人死掉。

又到了小組開會的時間，沒想到寡言的飛田先開口：

「我想問一個問題。」

未等我們回應，飛田逕自說下去：

「既然組長掛了，我們爭勝還有甚麼意義？我沒有要當獄長的野心，達叔又與世無爭。茹素，妳呢？」

茹素很快搖了搖頭。

飛田這番話是針對我的靈魂拷問。

我將眼角瞥向另一邊，支支吾吾地說：「理由嘛……」

——**因為我想帶茹素離開這該死的園區。**

「為了愛」這三個字我說不出口，所以我只能回答：「為了自由。」

飛田只是發出「哦」的一聲，便沒再向我追問，只是淡然地問：「那麼誰來當檢察官？」

我主動將紅袍交給他。

「飛田，這次可以拜託你嗎？」

在我心中，雖然飛田缺乏社交能力，但他洞悉世事的目光很透澈，絕對是個值得信賴的夥伴。

達叔卻來打岔：「奎元，你剛剛表現那麼出色，怎麼不繼續當檢察官咯？」

我偷瞄了惡婆婆那邊一眼，發現她們全組人都背對著我們。

「那個老女人不是省油的燈。我繼續連任的話，她一定會叫下屬暗算和誤導我。瞧……她現在還披著紅袍，肯定是繼續當檢察官。要戰勝她，我就要親自出馬，正面交鋒騙過她！」

這些理由全部屬實，但是我隱瞞了一個原因——我不想再有人因為我的逼供而暴斃，這種間接殺人的心理創傷好大。

檢察官的責任是剪惡除奸。

罪犯的願景是逍遙法外。

只有爾虞我詐，才可以活下來。

「檢察官集合——」

鍾九大喊，洪聲傳遍全場。

飛田出去了。

惡婆婆也出去了。

現在，對面有四個男奴，咱們組僅有三個人。四選一比起三選一，至少省掉一個審問的回合，對惡婆婆來說是非常有利的優勢。

收到文字貼紙之後，我們圍圈討論，繼續掩住嘴巴說話。

「三星。」達叔低吟。

「三星。」茹素重複相同的字詞。

不用說，罪犯的貼紙落在我的手上，黏貼的一面寫著「**三叔**」兩字。我看惡婆婆也是不信測謊機，所以文字的內容已經無關痛癢，最重要是文字這層假皮背後的身份。

我是罪犯。

真頭痛。

最理想的情況是我當疑犯，冒充罪犯來迷惑惡婆婆，令她不敢喝剩下的另一杯水，以此虛耗她每個回合的審訊機會。

無奈事與願違，只好祈求她不要點名叫我。

咚——咚——咚！

升堂！

「選誰好呢？」

披著紅袍的惡婆婆來到我們的面前，親自近距離挑選審問的對象。可能因為茹素受驚移開了視線，所以惡婆婆抓了她出去受審，讓我逃過了一劫。

「我……我不怕死的……」

茹素說話時結結巴巴，雖然她演得太用力了，但也許可以令人誤會是計中有計，成功以假亂真。

惡婆婆竟然露出溫柔的一面，語氣溫和地說：

「放心，我是女人，女人不會為難女人。我知道妳被賣到園區，當中是有難言之隱吧？我叫妳出來，只是找機會跟妳聊天，聽一聽妳的心事。」

茹素滿腹疑惑寫在了臉上。

「可是……我跟妳不是對立的嗎？」

「對立？才不是。我知道妳貼紙上的文字，其實和妳身邊的那個男人不一樣。別害怕，我已經知道罪犯是誰，所以不介意浪費一個回合，來跟妳好好聊一聊。我看得出妳有感情方面的煩惱吧？妳跟家人的關係也有問題吧？」

就這樣，茹素半信半疑跟著惡婆婆過去。

「冷讀法？」我心想。

這個惡婆婆果然不容小覷。

冷讀法（COLD READING）是一種心理操控技巧，都是占卜師、通靈者和偽宗教神棍慣用的技倆。只要透過觀察外表、肢體語言、反應等線索，加上一些「模糊但看似個人化」的陳述，便可以誘導對方對號入座，讓人誤以為自己被摸清了底蘊，繼而自爆更大量的個人訊息。

由此可見，惡婆婆很會套話，茹素很容易會著了她的道兒。惡婆婆對男奴也調教有方，沒受審的三名男奴正站在牆角，面壁思過的模樣兒，這樣做就是要提防我方讀取肢體語言。

飛田那邊好像問不出甚麼。

到了懲罰環節，茹素和惡婆婆都喝了冰水，在喝水前還乾了乾杯。

在飛田對面的男奴喝完水沒事。

——**無論如何，不管對方是不是罪犯，你都千萬不要喝水。如果對方是罪犯的話，假如他連命都可以不要，我**

們就只好認命。反正對你來說，輸了也是沒相干吧？

事前，我特地向飛田提出忠告。

飛田果然接納了我的建議，沒有跟著喝冰水。

縱使不是立於不敗之地，至少他已立於不死之地。

除了我的角色，大家都不可能會死。

「退堂——」

當鍾九宣布這一回合結束，茹素急著離座，她沒注意到在背後虎視耽耽的雙眼。

笨蛋茹素！

她一離座，第一時間望向我的位置，眼神太明顯了，等於間接暴露了我的身份。

瞧見惡婆婆的笑意，我暗自歎息：

「輸定了！」

咚——咚——咚！

果然不出所料，到了第二次升堂，惡婆婆不假思索，便指著我說：「那個火焰頭的壞小子。就是你！」

沒退路了。

她絕對會迫我喝水的。

自首 OR **賭命**，我只有這兩個選擇。

當我踏出去的一刻，一隻腳已經跨進了鬼門關。

惡婆婆坐在檢察官的位子，露出腕上的佛珠手鍊。

我大剌剌坐下來，雙掌合指，雙肘擺在桌上，面對面與這個女BOSS交鋒。

當服務生過來的時候，她直接勸退。

「不需要測謊機。」

惡婆婆獰笑，她認定我是罪犯，所以我裝瘋賣傻是沒用的，故弄玄虛也只是多此一舉。

我憨笑兩聲，反客為主問話：

「為甚麼你們組要叫魯蛇組？」

「因為我姓魯，生肖屬蛇。」

「噢……我還以為是妳的心腸像蛇一樣。」

「這樣說也沒錯。」

這個老女人的情商好高，眉毛連動都沒動一下。她用深不見底的眼睛盯著我，似乎要盯得我透不過氣來。

「小哥，我很好奇，等一下你要冒死喝水嗎？」

她的聲音像針一樣扎進我的耳朵。

——**要不要冒死喝水？**

這樣的想法確實纏繞我的腦海。

死亡率是二分之一。

就當是逞強也好，我嘴巴不饒人：

「請妳別要盯著我，好不好？對於年紀大我三倍的女人，我一點點點點興趣也沒有。我早就視死如歸，等一下一定會喝水的！」

「你不怕死嗎？」

「死就死！我要死得有尊嚴。」

我心裡也是沒譜，但我不想示弱。

惡婆婆在鼻子裡冷笑。

之後沒人開口，時間像溫水一樣，正緩緩煮熟我內心的緊張感。

審問計時倒數一分鐘。

惡婆婆抬起頭，輕輕捂嘴而笑，指尖遮住半張臉。

「為了成為獄長，我等了多久，你知道嗎？」

「當獄長有甚麼好？」

「在這裡，獄長是最高權力的代表！當了獄長，就不怕受到壓榨，而有權壓榨全部的奴工！」

我不屑回話，只是對她露出可悲的眼神。

她卻繼續保持微笑，不知是虛情假意的笑臉，還是迎接勝利的喜相，抑或是某種老謀心算的餘韻。

倒數完畢。

「審問結束！上冰水！」

當服務生端上冰水的一瞬間，惡婆婆竟然搶先一步，伸手拿起了我左手邊的茶杯，揭開杯蓋便飲。這口茶像是喝給我看的表演，彷彿誰先動手，誰就佔著了先機。

我怔怔地看著她咕嚕吞嚥。

這是甚麼自殺的玩法？

明明該由我先喝水的。

惡婆婆放下茶杯，胸有成竹地說：

「呵。我就知道我是天選之人，我是不會死的。」

這個惡婆婆簡直是亡命之徒，這種不要命的人最可怕。

我等了十秒，她的瞳孔和身體都沒有異狀。我曾目睹兩個中毒者暴斃，所以很清楚此毒之猛之烈之快，所以我可以斷定她沒有中毒。

剩下的冰水一定有毒。

惡婆婆的眼神彷彿在說：

「你只剩下自首這個選項。」

惡婆婆表現極大的自信，封死我的退路，迫使我非自首不可。我肯定她有虐待狂的傾向，享受男人對她俯首稱臣的快感。

我別無選擇。

真的是別無選擇嗎？

剩下的一杯水藏有毒冰塊，正常人是不可能喝水的。

但我不是正常人。

我離座站起來，衝著惡婆婆大吼：

「妳猜錯啦！」

兩秒之內，我極速完成了舉杯、喝水、倒轉杯子的動作，向她證明這杯水已一滴不剩。

我含著水，對她怒瞪了一眼。

惡婆婆極度驚愕，眉毛彷彿快要彎成兩個驚歎號。

一轉身，我馬上離開。

背後傳來惡婆婆的叫聲：

「不可能的！」

一秒一秒流逝，我的心跳咇噗咇噗加速，額頭不停冒汗。未死⋯⋯還活著⋯⋯謝天謝地！我確定自己呼吸順暢，才在窒息之間吐出一口氣，實實在在有種死裡逃生的愉悅感。

豪賭成功。

蒙混過關。

茹素和達叔都是愕然瞧著我回來。

「你⋯⋯」達叔欲言又止。

「別亂說話。」我眨了眨眼示意，接著湊近他的耳邊，快語道：「只剩下你未受審，老女人一定會注意你，麻煩你狂挖鼻孔，吸引她的注意力。」

趁著這段空檔，我佯裝跪在地上繫鞋帶，實則用左手抓出外套口袋裡的冰塊，神不知鬼不覺，偷偷塞進鞋子裡面。

剛剛，我距離死亡是如此之近。

在正常的情況，罪犯內心飽受煎熬，都會猶豫不決，不敢馬上喝水。

但據我一直觀察，再加上我的物理常識，就有了大膽的想法：有毒的「謊塊」差不多是方糖的大小，浸於冷水之中，應該不會立即融化，預估會有三十秒左右的緩衝時間。

橫豎也是死，我索性賭一賭運氣，在冰塊未融化之前喝水。

我沒練過功夫，但我學過魔術，剛剛轉身背對著惡婆婆，成功使出了掩眼法，將冰塊吐入手中，再藏在外套的口袋。

官方規定只是喝水，沒要求一定要吞下喉嚨，所以我吐出冰塊也不算違規吧？七十毫升的水量，恰好是成年人口腔的容量，這個安排也許只是方便參加者喝水，卻造就了作弊的操作空間。

我偷瞄了鍾九一眼，他沒有出聲，就是默許了我的做法。這一招絕對不能被其他人知道，否則出現這麼大的漏洞，鍾九極有可能中止比賽。

雖然心裡毛毛的，胃袋也好像有點不適，但我的身體暫時未有暴斃的徵兆，總算是撿回了一命。

全靠我僥倖瞞過了惡婆婆，她現在的思緒一定很混亂。

咚——咚——咚！

第三回合，升堂。

惡婆婆選了達叔出去，達叔一臉春風坐下來。

在餘下兩個未受審的男奴之中，飛田隨便點選其中一個出去。

「飛田，別讓我失望啊！」

十分鐘一過，又到了喝冰水的懲罰環節。

這樣就對了！飛田雙手各按一個茶杯，左右晃動搖了幾下，一來促使冰塊融化，二來借著冰塊碰撞的聲音，節節進逼向受審者施壓。

「我……我自首。」

奴才的本質是貪生怕死之徒，在死亡的恐懼前面，雙膝一軟就會屈服。

就在隔壁，惡婆婆嘴裡發出嘖嘖的怪聲，她一臉不忿地看了看我，然後兇狠的目光像鐳射光一樣瞄準男奴。

男奴即時跪地求饒，抖聲道：

「磕頭，我願意磕一萬個響頭！」

惡婆婆咬牙切齒，整整沉默了十多秒，才由牙縫裡擠出話來：

「一千萬個響頭。」

男奴聞言大哭。

「NO PROBLEM！感謝恩賜！」

言訖，男奴一連磕了幾個頭，還緊緊抱住了惡婆婆的鞋子狂吻。說句公道話，這場敗局誰該揹上最大的責任，她心裡應該有數，怨不得是別人的錯。

茹素和我衝到飛田和達叔身邊，互相擊掌撞拳，儘管甚麼話都沒說，眼裡溢滿劫後餘生的感動，大伙兒都是掛著如釋重負的笑容。

惡婆婆瞅著我，憤憤不平地問：

「你們組贏了。你們到底玩了甚麼把戲？」

告訴妳？傻的嗎？

她是不是低估了我的智商？

我的回應是吐了吐舌頭，做了個鬼臉。

惡婆婆碰了一鼻子灰，悶悶啐了一聲，轉身率眾離場，不等鍾九宣布賽果。到門口時，她朝我怒瞪了一眼。

輸得不明不白，我是她也會懷恨在心。

罪過、罪過……只怕老人家到了往生那一天，也不會知道我玩弄的手段。

成王敗寇，我們雖然是最後的勝利隊伍，但在短暫的狂喜過後，無人可以高興起來，團隊內部的氛圍一片死氣沉沉。

薛丁格死了。

人死不能復生……

翌日，我才知道真相，真相不是這麼簡單。

氣球大話戰

【賣身契】

奴工被迫簽訂的不平等契約，就此成為共犯，不敢報警或對外求援。伴隨契約而來的懲罰，可能是債務、身心虐待或對其家人的威脅，幾乎永遠無法重獲自由。

【爆機】

受害者發現異常、拒絕配合或報警檢舉等情況出現，導致計劃中止或帳號凍結，即是詐騙失敗的意思。

LEVEL 15

不慎知道了園區真相

回去十八樓之前，茹素曾向鍾九大人提問：

「明天上班，會有新組長嗎？」

鍾九大人秘而不宣，只是說我們到了明天就會目睹答案。

唉……

就是這樣，哪怕主管死了，明天的太陽依然升起，大家還是照舊要如常上班。

鍾九送了我們一顆虎頭標本，當作勝利的獎品。一回到辦公室，我們擺放在茹素的辦公桌上面，她也沒有反對，還覺得虎頭滿可愛的（沒人告訴她那是真標本），證明她真的是不識人間險惡。

翌日，落地窗外下起了詭異的黑雨。

黑雨未結束，已響起開工的訊號。

風雨不改，死人塌樓也要上班。

住在辦公室同一層的好處，就是不用淋雨走路，一穿門立即到公司。

陰霾和烏雲籠罩我們所在的大樓，茹素、飛田和達叔都有黑眼圈，看來昨晚都是睡不好。

雖然薛丁格是個勢利的主管，但他好歹也常常請我們吃大餐。

沒有喪禮，我們也默默為他點了白蠟燭，擺在他那間辦公室的桌面，輝映著牆上那幾張香豔的海報。飛田放下藍牙迷你音箱，播放佛經融合嘻哈要素的葬魂曲。

「薛丁格這人耶……」達叔低頭歎氣，往嘴裡塞了把玉米脆條。他邊嚼邊嘟囔：「雖然他人格有問題，但我跟他認識幾十年，以組長來說他算是很有魄力，生前曾為我爭取員工福利……」

幾十年？我懷疑達叔語無倫次。盯著他手上綠袋包裝的玉米脆條，我好想告訴他那是獻給亡者的祭品……供奉零食是台灣的習俗傳統。

「他為你爭取過甚麼員工福利？」茹素多嘴一問。

「六樓的女僕服務。」達叔面不紅耳不赤。

「女僕？」我皺了皺眉。

「奎元，你有興趣去見識一下嗎？由你來取代組長在我身邊的位置。」

在茹素的面前，我果斷地搖頭。

「不了。想當年，香港的朋友說帶我去女僕餐廳，結果去了一間叫『快活蜂』的快餐店。」

霎時，我發現飛田露出怪異的表情，嘴角抽動卻說不出話來。同一時間，我感覺到身後有股寒氣，在我和茹素回頭之際，熟悉的男人聲音已經響起：「搞屁啊！你們四個小兔崽子，哪來的膽子闖佔我的房間？」

竟是薛丁格！

「哇！鬼呀！」茹素第一個尖叫。

我抱緊了雙臂防衛，雞皮疙瘩爬滿了手臂。飛田目瞪口呆，像一隻被打到當機的鸚鵡，喉頭深處發出「呃」的長音。最誇張是達叔，他嚇得褲子濕了一大片，還試圖用桌上的色情雜誌當遮羞布。

薛丁格惘然瞧著大家，像是走錯了戲棚，一副搞不清楚狀況的樣子。

「我只不過遲到，大家有必要這麼緊張嗎？」

我為人最勇敢，單刀直入地問：

「你……昨天不是暴斃了嗎？」

「暴斃？欸我有點失憶，記不太清楚啦。對吼，後來怎麼了？最後是誰贏啊？」

沒有人回應，造成了誤會，令薛丁格歎了口氣。

薛丁格看見桌上燒熔的白蠟燭，氣得直跺腳，趕我們出去工作。當茹素說出我們勝出的事，他只感到難以置信，發出狂喜的吼聲，高舉椅子如同大賽選手舉起獎盃，甚至爬上了桌子跳舞。

「這不是幻覺吧？」

薛丁格連摑了自己三巴掌。

我們才懷疑是幻覺呢！

昨天大家都目睹他被放進裝屍袋，如今他竟然活生生站在面前。

辦公室瀰漫著詭異的氣氛，空氣沉熱得像悶燒的爐子。

窗外的黑雨一波波打下來，像是天公發脾氣，轟隆轟隆的雷聲，彷彿從雲層間滾過來，一聲聲掀起眾人內心的漣漪。

整件事太過驚悚，我特別租借會議室，趁著薛丁格去偷懶的時候，拉著飛田、茹素和達叔閉門密談。

茹素摸著臉，我繞著臂，有一搭沒一搭的討論案情。

「是不是園區的醫療團隊救活了他？」茹素問。

「不可能的⋯⋯我肯定他沒了脈絡，斷了氣。」

「我看韓劇，被火車輾過還可以復活耶。」

「薛丁格不像主角，他沒有主角命，我是編劇一定不讓他復活⋯⋯」

這一瞬間，我隱約有種感覺，只要解開了薛丁格不死的謎團，就會洞悉叮叮園區的真相。

飛田一直不說話，把玩著手裡的原子筆，筆桿轉得飛快。

他要麼不說話，要麼一針見血：「我問你們哪，你們入來園區的時候，是不是都喝了一碗湯？」

達叔、茹素和我不約而同點頭。

飛田托了托復古眼鏡框，先向茹素問：「接妳來的人是甚麼人？穿甚麼樣的衣服？」

茹素想了一想，幽幽地說：「全身黑西裝的帥哥⋯⋯」

「黑衣⋯⋯一身的黑，就像喪服。對不對？」

飛田的目光緩緩掃過我們每一個人。

經過各自複述的經歷，我們很快整理出共通點：黑衣人、喝過湯、上船渡河。

當有了共識之後，黑衣人的身份昭然若揭。

「我猜，他們都是冥界的使者。」飛田說。

「冥界的使者？」茹素問。

我附和道：「即是鬼差神使、黑白無常……或者叫死神。這是古老的傳說，符合古人的觀念。」

會議室有一面牆是玻璃框。

飛田指著電梯的方向，一錘定音語出驚人：

「我們身處的空間，這個叫『叮叮園區』的鬼地方，如無意外就是冥界……不，應該叫地獄。十八層，不就是地獄嗎？」

我剛巧也想到這一點。

——**我在去年八月遭遇交通意外，被送去了醫院。**

茹素嚇得花容失色，又向飛田問：

「那我們詐騙的是甚麼人？騙鬼嗎？」

「可能吧。你有親眼見過受騙的人麼？全部都是聲音和影像。」

「呃……那我們賺的都是冥鈔嗎？」

沒錯。一切都是幻象。

會議室的燈管「滋、滋」兩聲閃了兩下，隨即陷入一片停電的漆黑。茹素因怕黑挨過來，柔軟的溫暖貼上我的手臂。零距離的接觸維持不到十秒，電力便即恢復正常，燈光再次灑滿房間。

只見達叔的雙肩抖了兩下，翻了翻白眼，突然胡言亂語：「嗟夫！吾乃江湖郎中，賣假藥騙財，使其傾家蕩產。每至一處，吾必先察言觀色，尋覓無知婦孺，巧言惑人心智⋯⋯素有懼內之名，卻好酒色財氣，勾結官府，中飽私囊⋯⋯身處濁世，吾惡何哉？」

我聽不懂達叔的怪話，忍不住打斷：

「你發甚麼神經？怎麼轉成文言文腔？」

「余本名魯點，字躺平，號除錯道士，湖廣襄陽府南漳縣人，出生年不詳，明朝萬曆十一年癸未科舉落第⋯⋯我都想起來了。原來我是明朝人！」

茹素、飛田和我面面相覷。

「你是明朝人？」我來問清楚。

達叔頷首示意，向大家作了個揖。

我看得出他不是在開玩笑。

「你這個老員工⋯⋯在這裡待了幾百年？」

這資歷已經不足以用老員工來形容，但我已想不到更合適的詞語。

「很早以前是開假銀票騙人，之後變成打電話，進入電腦時代，我成功轉型，學會了編程。」

冥界反映現實，環境也會與時並進，由茅屋變成混凝土高樓。

「真奇妙。我的記憶也回來了。」

飛田像是在對空氣喊話，又像是在對自己低語：

「我們就像被囚禁在洞穴中的人，只看到影子的虛幻世界，卻將之誤認為真實。」

這是柏拉圖的名言，我是知道的⋯⋯雖然我的 GPA 不過二，但至少證明大學沒有白唸。

會議室的玻璃浮現人影，大家頓時安靜。

外面有人拉開門把。

薛丁格失魂落魄的走了進來，向我們晃了晃手上的金色大信封。

「園區的信差送信來了，獄長晚宴的邀請信。日期是四天後，四月四日，這個星期五。」

語氣中毫無喜悅。

我看著薛丁格問：

「你這副樣子，怎麼像是收到解僱信一樣？」

「你們自己看。」

薛丁格將信紙攤放在桌面。

在眾人圍讀的時候，我唸出信紙的內文：

「四月四日，高空晚宴。同晚舉辦最終考驗⋯⋯落選者必須一死，魂飛魄散！？」

與四位獄長聚餐，出題者毫無疑問是他們。這麼辛辛苦苦拚了命才戰勝其他小組，想不到還有最後一關，還要面對終極的大魔王，如此過分的考驗簡直是豈有此理！簡直把奴工當玩具耍！

薛丁格神情落寞。

「我不打算赴會的了。看看你們誰要去，我交名單上去。獄長言出必行，從來不會亂開玩笑。如果沒人想去的話，就只好抽籤了，由你們四個之中選一個出去……」

不想冒死挑戰，只好主動棄權，當作做了一場空虛的美夢。

「我去！」

我毫不猶豫舉手。

達叔、飛田和茹素若有所思凝望著我，身軀像是貼了符咒一樣定格。

最後，茹素抬起頭，帶著傻氣說道：「奎元，我跟你一起去！」

她沒有多餘的解釋，只說了一句，聲音中蘊含無比的決心。

我心裡很感動。

達叔和飛田沒有即時回絕，薛丁格再給他們一晚的時間考慮。

當晚深夜，達叔敲了敲我臥倉的塑膠隔板門。

他竟然是來找我聊天，傾訴心聲：

「奎元啊，別怪我，我沒勇氣陪你戰鬥到最後。這地獄，苦是苦，但我已習慣了詐騙的工作，習慣了作假，習慣了自欺欺人。我已離不開這裡，因為我沒法改變自己咯。」

對達叔這種長期奴工而言，不斷玩弄心計、滿口謊言已成為了惡習，一種無法自拔的存在意義。離開這裡意味著必須面對自己，承認自己的罪行和虛偽，那種心理折磨才是最痛苦的地獄。

「奎元，你還年輕，有那股子闖勁。你就去吧！去挑戰獄長的權威！代替我這種自願為奴的人，去外面尋找你的光明，為自由而戰！」

「謝謝。我都收到了。」

我勾住達叔的脖子，又用力摟緊他的肩膀。告別前，我拉開了臥倉裡的抽屜，將珍藏的「番號聚寶盤」拿出來，慎而重之全部送給他。當達叔看到夢寐以求的唇印卡和周邊商品，當真抱住我小哭一場。

隔天，我聽到了飛田退出晚宴的消息。

就在隔板斜對面的工作桌，飛田如常埋首專注滑手機，一樣的沉默寡言。但他偶然會引起我的注意，說些奇怪的話：

「真正的英雄是接受荒謬但永不屈服的勇者。」

我愣住。

「這是誰說過的名言嗎？」

「卡繆。」

哲學家最愛假裝莫測高深，寫下一堆不知所云的繞口名言。飛田在世時想必是個文青，恢復記憶之後，就常常引用某某文學家和哲學家的話。聽他憶述，園區不允許員工知道真相，天網部很快會抓他去洗腦。

真相將會湮滅在時間裡。

而時間又會讓隱秘的事情顯露出來。

達叔和飛田情願留在地獄，放棄了挑戰獄長的機會。

就這樣拍板，我和茹素成了薛丁格組的代表，出席四大獄長的晚宴。

時辰到。

電子屏顯示的日期是四月四日。

酉時四刻。

這一天，我和茹素不用等鐘聲下班，吃完午飯就可以休假，回去臥倉換上最得體的衣服。我穿上一件厚身的連帽衛衣，再加上破洞的牛仔褲，抓起烈焰一般的髮型。茹素再出現時，披著米白色的斗篷式大褸，彈性長褲再配上有皮革感的運動鞋。

晚宴地點是頂樓。

這也許是我對十八樓辦公室的最後一眼。

我刷了刷卡，按下電梯往上的按鍵。

看著電梯上來的時候，腦後傳來飛田的聲音：

「奎元，祝你和茹素成功。」

飛田第一次親切喊出我的名字。

我隔空向他做出擊拳的動作，電梯門便在眼前緩緩合縫，最後只剩下一條垂直的黑線。

雖然只有半年同事的緣分，但我不會忘記他的。

搭電梯的時候，我向茹素說道：

「我本來以為飛田會去的。」

「他告訴過我一個秘密。」

「秘密？」

「他是主動請求死神，憑自己的意志進來這個園區。像他這樣的例子很少見，他說自己是來贖罪的。」

贖罪？哈，這個古裡古怪的同事，始終要保持神秘的形象。

叮、叮！

電梯的門往兩邊打開。

眼前是空中花園，由於我常常上來打電動，所以很熟悉這裡的環境。

冷洌的風吹歪了頭髮，連我的襯衫也颼颼作響。茹素雙臂壓住大褸走路，看來腳步不穩，我便替她擋了擋風，伸出臂彎道：「挽住我！」

我早就注意到了——

頂樓最遠的一角，豎立一座可以升高的吊臂。

如我所料，收到「高空晚宴」邀請卡的一刻，再加上地點是頂樓，我就猜出那裡是最後的舞台。

異色的夜幕之下，吊臂垂下的鋼纜繫住篷頂的兩側，篷頂下是特製的餐桌平台。環狀橢圓餐桌的內側，站著一位廚師和兩名女僕。四大獄長——閔大人、米祿、莫明和鍾九今晚都穿著黑西裝，已經坐在形似賽車椅的餐座，正在遠遠瞧著我和茹素。

餐桌上的玻璃杯閃爍著酒紅色的光芒。

像鮮血一樣的光芒。

呼嘯的風聲是決戰前的奏樂。

等待我們的是最後的騙局！

LEVEL 16

牢

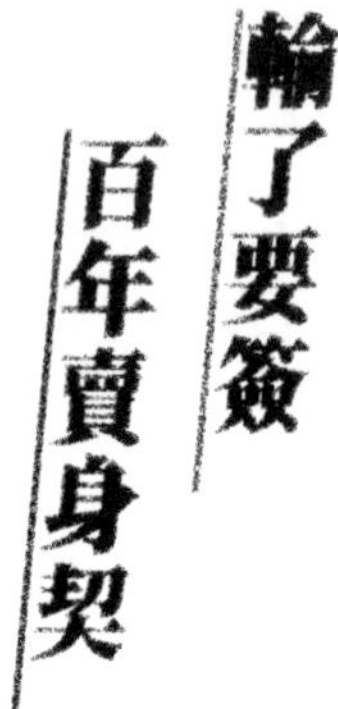

夜幕低垂，只有無盡的虛無，鐵灰色的天空。

粗大的吊臂像巨獸的骨骼。

寒流，像無形的刀，切割著靈魂的表象。

Ａ、Ｂ、Ｃ、Ｄ……十八層高的辦公大樓，燈光依然長亮，恍如神明不眠的宮殿。

就在脫離狗屁倒灶垃圾工作的寧靜之中，我和茹素在頂樓吊臂下的橢圓餐桌入座。不知是惡作劇還是別有用意，我和茹素座位上的橫桿，特別繫上了六個紅色的氣球，她三個我三個。

米祿笑容迎人，喜道：「我們的貴賓來了～」

他坐在中間的位置，鄰座是莫明和閔大人，而閔大人的另一邊是鍾九。雖說是鄰座，但間隔也有臂展的距離。

我用肩膀頂了頂包覆式的座椅，才回應米祿的話：

「貴賓？你真會說話，我還以為，在你們的地獄系統裡，我倆只是兩隻低賤的可憐鬼。」

這麼說就是直接攤牌。

四位獄長沒有動容，顯然絲毫不感到意外，對於我知悉園區真相一事，似乎都在他們的預期之內。說不定，他們是透過舉辦比賽的形式，刻意誘導參加者去發現真相。

米祿在餐桌上托著腮，目不轉睛盯著我，笑瞇瞇道：

「你是甚麼時候來到園區的？今天是個甚麼特別的日子，想必你也知道吧？」

面試已經開始。

我說出過去幾天豁然大悟的答案：

「去年農曆七月一日，我遇見了自稱莫莉的死神使者。農曆七月十四，我搭上前往冥府的飛機。今天是陽間的清明節吧？我們小組這一區，都採用台灣的行事曆。」

米祿跟鍾九互看一眼，才向我讚許道：

「不愧是我和鍾大人都認同的人才。就看看你能不能通過最後的考驗，成為跟我們同等的存在。」

鍾九朝吊臂底座的打手示意，又朝我和茹素高呼：

「坐好了吧？準備升空！」

咔塔！

伴隨著一陣機械的轟鳴聲，巨大的起重機吊臂緩緩啟動。餐桌平台漸漸離地，我的心也懸浮在半空，隨後便感到一股平穩的推力，將我們送上更近雲霄的天際高空。

沒人發出驚呼聲，就連茹素也竭力忍住畏高的悸動。

我抓住椅子的兩側，禁不住投訴：「沒有安全帶？這種安全措施……也太簡陋了吧？」

鍾九回嘴：「這樣才刺激啊！」

他這種健美先生的體態穿上西裝，不知怎的就像個格格不入的漫畫人物。

當餐桌平台升到遠離樓頂的高處，我們的位置也高懸在Ｃ棟和Ｄ棟之間，三百六十度沒有任何遮擋。腳下便是園區的全景，河川的脈絡清晰可見，遠方的地面卻瀰漫一層迷幻的薄霧，像是遮掩著玄之又玄的秘密。

整趟升空的過程就像在玩機動遊戲，差別是掉下去會死，園方亦不會有任何賠償。

吊臂似乎延伸到極限，終於停下來了。

高空晚宴正式拉開帷幕。

茹素一直盯著桌布上的玻璃花瓶。

花瓶上紅色的小朵蓮花，花瓣細長，呈放射狀展開。

「這是甚麼花？」茹素好奇地問。

「曼珠沙華，即是俗稱的彼岸花。」莫明竟然回答。

橢圓餐桌鋪著白色的桌布，桌面是鋼板的質感。米祿教茹素將座椅旋轉向外，讓雙腳完全懸空，體驗徜徉天際帶來的快感。

現場播放古典音樂，女僕送來酒水飲品，廚師正在備餐。我有點焦躁，看著未說過話的閔大人，不耐煩地問：「今晚的最終考驗是甚麼？」

米祿卻叫我別著急，舉起酒杯，笑語道：「好好享受一下美景和美食吧！這是你倆應得的獎賞～」

餐桌內側的廚師和女僕開始服務，精緻的珍饈一一呈上來。鮮美的魚子醬在舌尖迸發，酥脆的法式麵包沾著鵝肝醬入口即融，每當銀製的餐蓋掀起時，熱氣捎著奶油交織的香氣撲鼻而來。

最後一道甜點是液態氮冷凝的無花果慕絲，鋪著點點金箔，閃著藝術品的光芒。

這場晚宴，大家都吃得很安靜。

我偶然側過臉，默默欣賞冥界荒漠的夜景——

一切皆像海市蜃樓，如是飄浮在虛無之境，冥河兩岸無數幽藍和蒼白的魂火，點綴著浩浩茫茫的黑暗大地。

時間彷彿靜止了流動，空間也失去了意義。

寂滅。

茹素打破了沉默：

「閔大人怎麼一直不說話？他是不是不喜歡我們？」

米祿睜大眼，訝異地問：

「妳來了園區這麼久，竟然不知道閔大人是啞吧？」

茹素吐了吐舌頭，馬上道歉。

其實她不應該道歉，因為根本沒人告訴我們這樣的事，奴工跟獄長也不甚見面。就算見了面，都沒有對話的機會。

到了這一刻，當我得知閔大人是啞巴的事，難免感到不可思議，很好奇他是如何成為園區頂層的騙徒之王。

我純粹好奇，也跟著向米祿發問：

「冥界為甚麼有星光的？」

「在無盡的黑暗中，星光象徵希望與指引。意大利作家但丁的《神曲》有記述，在地獄出口會出現星光。不過，也有人說星光是思念的投影，或許是生者對亡者的祈禱在冥界的映照。我也不知道答案。閔大人，你知道嗎？」

閔大人只是笑著搖頭。

這男人長掛著笑面虎的表情，令我覺得他深不可測。

人稱明察秋毫的莫明，竟然獨個兒喝光一整瓶紅酒。別說是酩酊大醉，他連微醉的跡象都沒有，一雙鷹目依然炯炯有神。

「畢先生，你覺得成為獄長，需要具備甚麼條件呢？」

「條件嘛，當然要超凡的口才，懂得操縱人心，能將死的說成活的。腦力也不可缺，我這裡說的『腦』是商業頭腦的腦，用頭腦配合創新精神，不斷推出新的詐騙套路。此外，也要懂得恐嚇員工，可以分辨出謊言和真實。」

我所說的一切，正是這場挑戰賽一路走來的體會。

「還有呢？」

莫明的口氣像極了討厭的人資部主管。

我俯瞰如同無盡深淵的地面，想到了答案。

「不怕死的膽識。賭上靈魂，這不就是今晚參加晚宴的代價嗎？信上是這樣寫的，落選者必須一死，魂飛魄散！」

莫明微微一笑，鍾九哈哈大笑。

「小子，有種！」鍾九拍手喝彩。

兩名女僕過來收拾盤子，白色的桌布又再乾乾淨淨。

在橢圓餐桌的對面，米祿正在和閔大人比劃手勢。這個米祿是如假包換的語言天才，居然連手語也懂。

「最後一關，閔大人會親自考驗你兩個。」

米祿打了個響指，兩名女僕拿來兩個黑色的小道具，圓柱體的外殼恰好方便用手握住。

我一眼就看出來了。

那是兩個骰盅。

眼前有兩個骰盅，各有五顆骰子。

「大話骰？」我脫口而出。

米祿代表閔大人發言：

「沒錯～一對一，你們輪流跟閔大人玩大話骰。你座位上面的橫桿，是不是飄著三顆氣球？葉小姐也是一樣。氣球的線連接防脫落裝置，如果三顆氣球都爆開，安全掛鉤就會解鎖，你的座椅將會鬆脫，自由落體往下墜！」

最終的考驗和大公司一般的面試不同，會有死亡的後果。人死了會剩下靈魂，靈魂「死」了又會剩下甚麼？六道輪迴？投胎成非洲人？還是失憶，繼續留在園區為奴？

「難怪剛剛請我吃大餐。聽說死囚臨死前的一餐，監獄都會讓他們吃得特別豐盛。」我開了個玩笑，竟然沒人笑出聲。於是我清了清喉嚨，再說下去：「把我們弄死了，閔大人豈不是沒法退休？」

米祿聳了聳肩，不當一回事地說：「那沒辦法嘍。閔大人只好再繼續做，年尾再來一次挑戰賽。」

哼！甚麼騙徒挑戰賽，主辦方才是大騙徒，欺騙奴工有突破階級的希望，結果只是白忙一場的愚人節目。

鍾九瞪著我和茹素，面色凝重地說：「我要事先警告你們，這次的試煉和之前的不一樣。靈魂由高空墜落地面，下場必定是魂飛魄散。」

真是一班喪心病狂的高層。

餐桌內側，女僕拿著三個藍色的氣球過來，繫在閔大人的背上。規則很簡單，輸一次丟一顆氣球，我和茹素各有三次機會，贏過閔大人三次便是破關。

「閔大人輸了也會掉下去嗎？」茹素問。

「不會。」米祿嬉笑道：「你們沒資格討價還價。我們本來就是不對等的關係。不過，我們會給你認輸投降的權利。隨時都可以投降。」

「投降了會怎樣？」我肯定不是下去加班。

「我們想和你簽一百年的賣身契。」

米祿這番話震驚了我和茹素。

「放心，你在這裡是不會衰老的。」

不用米祿提醒，我也知道這樣的事。甚麼都可以輸，大丈夫的氣勢不能輸。我鼓起了胸膛，大言不慚地說：「如果我們兩個同時戰勝閔大人呢？」

米祿不以為然道：「你們兩個再決勝負吧！勝出的人來當獄長。在這裡先說一聲，閔大人是大話骰的高手。我們三個從沒贏過他一次，就算聯手都沒贏過一次。」

這麼厲害？真的假的？

我和茹素別無選擇，只能硬著頭皮上了。

大話骰，又稱吹牛骰或騙子骰，這是在酒吧和 KTV 很受歡迎的猜枚遊戲。

每個玩家拿著一個骰盅，盅裡放置五顆骰子。

叫骰的口令是「n 個 X」，n 是顆數，X 是骰點，同時合算雙方的骰子。例如叫出「三個五」，便是表示兩人骰盅裡點數為 ⚄ 的骰子，至少相等或多於三顆。

「確認一下規則，一點是百搭的吧？」我問。

「是的。」米祿補充道：「除非同一局已經喊過一點。」

大話骰有特別的規則，⚀ 可以當作百搭骰，變成任何骰點。不過，如果有人在某一局叫了 ⚀ 這個點數，⚀ 在這一輪就會固定是 ⚀，失去百搭的特殊作用。直到全新的一局開始，⚀ 才重置百搭的功能。

「我以前也常常玩大話骰。」茹素說。

在夜店歡度青春的日子，茹素也愛買醉，她自然熟悉大話骰的玩法。茹素提出由她玩第一局，替我打頭陣試一試閔大人的實力。

沒有試玩，賭局直接開始。

茹素和閔大人同時搖動骰盅，然後只能偷看自己盅裡的點數。像這一局，茹素的骰點是 ⚀、⚀、⚀、⚂ 和 ⚃。

哇！她的運氣真是強大。

自己盅裡的⚀愈多當然愈有利，更容易湊齊點數，大大增加說謊的靈活性和叫骰的空間。

閔大人向茹素伸出掌心，就是讓她先叫骰的意思。

「四個一！」茹素叫骰。

聽到茹素開局的叫法，我冒出了冷汗。簡直亂來……她這樣叫骰，豈不是暴露了自己有很多⚀的情報嗎？

米祿瞧著閔大人的手勢，幫他喊話：

「四個四。」

甚麼？我很驚訝。在這一局，⚀就只能是⚀，不能用來代表其他點數。閔大人不可能不清楚規則，難道他的盅裡有很多顆⚃嗎？

茹素躊躇要不要喊開盅。要是不開盅，再喊下去非常危險，兩個人玩大話盅，出現五個相同骰點的機率很低。

「開！」茹素決意道。

閔大人和茹素同時揭盅。

由於這一輪茹素已叫過⚀，雙方所有的⚀都不計，而茹素的盅裡只有一顆⚃。

閔大人的盅裡真的有三顆⚃。

一加三等於四，閔大人沒有說大話。

即是茹素輸了。

LEVEL 47

牢

啪！茹素一輸，她頭上的氣球自動爆開，現在只剩下兩顆。

接下來的一局輪到我上陣。

骰盅往桌上重重一頓，鏗鏘一聲，骰子在裡面碰撞出最後的悶響。

我用雙手覆蓋在骰盅上，只掀開一道小口，一邊細看盅裡的點數，一邊盤算：「沒有一，有二、二、三、三、五……我先混淆視聽，喊一個六吧！」

不徐不疾，我蓋上了骰盅的殼蓋，才悠悠地叫骰：

「一個六！」

閔大人立即做出手語。

米祿一瞧完，難以置信地問：「開？一個六也開？」

閔大人右手握拳，做出字母「S」的手形，從手腕處開始上下擺動拳頭，就像點頭表示「是」一樣的動作，總共連續做了三遍。接著，未待米祿反應過來，閔大人已親手掀起了他那邊的骰盅。

我也不得不揭開骰盅。

⚁、⚁、⚂、⚂、⚄ 是我的組合。

閔大人的骰點竟是：

⚁、⚂、⚃、⚃、⚄

既沒有⚀，也沒有⚅。

我沒六喊六，萬萬沒想到被抓包了。

秒殺。

啪！

我頭上其中一顆氣球爆開。

哪有可能？我怔怔地盯著對面的骰子，心中湧起一股說不出的寒意。憑我的直覺，我知道閔大人不是瞎猜的。

他是怎麼看穿我的？肢體語言？出老千？

我要怎麼贏他？

唯有走一步算一步，我對茹素苦笑了一下，將骰盅傳到她的手中。

「天靈靈、地靈靈……我們一起唸咒語！」

茹素向我說出既迷信又白痴的話。

可是我還是聽話，在她搖盅的時候，我不停默唸阿彌陀佛、關公保佑、觀音出馬……直至骰盅在桌上擺好，盅口倒轉揭開。我的目光只掃進細縫一眼，心頭猛地一震，但嘴巴還是緊緊閉著，深怕露了底。

⚀、⚀、⚀、⚀、⚃，總共有四顆⚀。

妹子是吃了超級無敵幸運星嗎？又是一手超級好牌。有這麼多⚀的話，將會帶來極大的優勢。

這世上有樣能力叫FOOL LUCK，茹素也許是閔大人的剋星。

茹素瞇著眼喊：

「七個四。」

一開始就喊出七這麼離譜的數字……這是哪一招啊？只不過未必沒有希望，只要閔大人也有⚀和⚃，就可能湊到七個四，這樣一來他開盅就是自殺。

閔大人竟然沒開。

米祿代他發言：

「八個四。」

其他人彷彿都在倒抽一口涼氣。

兩個人玩大話骰，竟然喊到八這個數字，這樣的事我從未見過。

茹素差點以為自己聽錯了，發出語尾拉長的驚呼：

「甚～麼～啦～八個四？」

雖然她愛賭氣，但想了又想，結果不敢繼續喊上去。

「開！」

喊開盅的人是茹素，假如閔大人在說謊，那麼她就是勝方。

眾人一同瞪視閔大人揭開的骰子：

⚀、⚀、⚃、⚃、⚄

不止八個四，連九個四都有！

茹素愕住了好幾秒，臉部像是套用了不敢相信的表情包。不只是她，我也是整個人傻眼，驚愕得說不出話來。

哪有這麼誇張的？兩個人玩大話骰，竟然出現「九個四」這種邪門的組合。檢討這一局，如果茹素剛剛敢喊「九個四」的話，她就可以拿下這一局⋯⋯不過凡事就是沒有如果，這一局白白浪費了！

啪！茹素只剩下一顆氣球。

「怎麼辦？」她向我投來求救的眼神。

目前的局勢極為不利，儘管我還有兩次機會，但閔大人身上還有三顆氣球，再不拿下這一局的話，勝算絕對是渺茫。

「到我了——」

我一邊說話，一邊搖骰。

骰子撞擊骰盅的清脆聲音結束，我揭開了骰盅，注視裡面的骰子：

⚀、⚂、⚃、⚄、⚄

有一顆⚀，這樣的骰點組合算是不錯，我終於有機會蠱惑對手。

我把骰盅一蓋，打算採用真話摻雜謊言的戰術。

「兩個三。」我先出聲。

米祿轉譯手語，替閔大人叫骰：

「兩個四。」

「三個四。」我又喊。

「三個五。」米祿繼續傳話。

經過初步的試探，我猜閔大人至少有一顆⚀，所以他才沒有像之前那樣立刻開盅，直接抓我說謊。

我想了一想，又喊：

「四個四。」

現在我也看得懂閔大人的手勢，他要表達的意思是「四個五」。

我這邊有兩顆⚄，再加上⚀，開盅絕非明智之舉。可是，再叫上去的話，就要冒上很大的風險。

我仔細觀察閔大人的表情。

他一直面帶微笑，好整以暇的樣子。

正因為這樣的老狐狸風範，令人根本看不穿他的心思。他一開始叫四，剛剛卻叫五，究竟哪個骰點才是真的？這種深藏不露的對手最是難搞，我滿腦子都在自我懷疑，擔心踩進他的陷阱。

「五個五！」

我決定賭一把，嘗試向對手詐唬，給他施加心理壓力。我先喊出兩個三，再喊出三個四，就是為了掩飾⚄的真實數量。

大大出乎我的意料，閔大人竟然繼續喊骰：

「五個六。」

我整個人呆住了。

心中愈是生疑，愈容易正中這個老狐狸的下懷。

「開盅！」

我垂直掀開了骰盅，展示我的骰點：

⚀、⚂、⚃、⚄、⚄

閔大人開出來的骰點是：

⚀、⚃、⚅、⚅、⚅

真的有五個⚅，一個不差。

我又輸了。

一個念頭掠過腦海，令我不寒而慄。閔大人有這麼多顆⚅，最後喊出「五個六」非常合理。問題是在倒數第二輪，他連一顆⚄都沒有，居然敢叫出「四個五」？也就是說，他很清楚我哪一句是真，又有哪一句是唬爛。

這個閔大人，難道他有特異功能，可以看穿任何人的謊言？讀心術……應該稱之為「讀魂術」。

若是如此，豈不是毫無勝算可言？

我隔著餐桌看著閔大人，猶如仰望一座高山。

現在我和茹素都處於絕境，各自都只剩下一顆氣球。

換句話說，冒險挑戰的話，只要再輸一次，不是我就是茹素，將會連人帶椅墜落地面慘死——下場將會是鍾九所說的魂飛魄散。

用心理學的言語來形容，「靈魂死亡」說的是一個人失去了活著的熱情、希望和意義，變得麻木、空虛，像行屍走肉一樣過日子。這時候剩下的只是失去自我的空殼，徹底摒棄了生而為人的個性和信念。

——**跟現在當奴工又有甚麼差別呢？**

由她先出戰？還是我來出戰？

答案很簡單。

我就是為了救她離開園區，才一直奮戰至今。

「茹素，我決定繼續挑戰。這一回合假如我輸了，請妳選擇投降，別要犯傻跟著我……殉情。」

當著獄長的面前，我說出深情的告白。

只可惜辦公室重罰談戀愛，不然我和她當同事的時候，早就應該瘋狂愛得死去活來。

茹素與我互相凝視，那雙看似純真的眼眸深處，藏著毫不退縮的靈魂。我帶著一絲無奈，又帶著一絲期待。然而，茹素沒乖乖聽我的話，雙手按了在黑色的骰盅上面。

「不，我先來。這一局交給我吧！」

我漲紅了臉，激動地說：

「我的心意妳還不明白嗎？」

「不。我先來。」

沒想到茹素固執己見，弄得我不知所措，這一刻我竟然讀不懂她的心思。我的靈魂顫抖起來，使用傳說中的陰力，右手疊在她按住骰盅的手掌上面。

「不可以。如果我看著妳墜下去……我一定痛苦得生不如死。別要這樣好不好……妳的前男友不珍惜妳。我跟他不同，我絕對會好好珍惜妳的。」

這番心聲一片至誠，沒有人會懷疑我的真心。

茹素的眼眶泛起了淚光。

「我也一樣。你先死的話，我也會跟著你跳下去。」

她看著我，我看著她，就像沒有排練的即興演出，霎時的對話框都是空白，彼此只剩下目光的交流。這一瞬間，我彷彿看到了無數的星辰，在她的瞳仁裡秘密閃爍。

「那……」

我哽咽，幾乎語塞，但還是說出完整的話：

「我們乾脆放棄好了。一起投降吧！明天繼續一起上班。」

鍾九也動容了，幫腔相勸：「我會幫你兩口子洗腦的。你們會忘記關於園區真相的記憶。」吸一口氣，不忘補上一句：「不過還是老規矩，辦公室可不是月老廟，員工宿舍也不是酒店房，萬萬不可談戀愛啊！違規必究，後果自負。」

這樣的布局，我徹底明白了 —— 園區的管理層，四大獄長的真正意圖，就是要我為了保住茹素的魂魄，而自願甘心為奴，永永遠遠為園區服務。

茹素遲遲沒有答覆。

她在猶豫甚麼？我緊張起來。

莫明沉默已久，這次由他開口：「葉茹素小姐，妳看他情深款款的眼神，還有甚麼好考慮的呢？」

「不自由，毋寧死。」

茹素直視著四位獄長，繼續說：

「不戀愛，我也寧願灰飛煙滅。」

出乎所有人包括我的意料，平日傻裡傻氣的茹素，竟然發出如此壯烈的宣言。眸光深處，有種不容置疑的清澈，彷彿已看透所有迷霧。

我的臉頰濕濕的。

原來我已流下兩行熱淚。

「我會贏的。因為我知道戰勝閔大人的方法。」

茹素這番話，震驚了在場四位獄長 —— 鍾九和米祿大眼瞪小眼，莫明緊緊皺眉，閔大人上揚的嘴角微微抽搐。

我怔怔地看著茹素。

此時的她，不再是任人擺布的弱者，而是一個揮舞著利劍的女戰士，散發著殺出重圍的氣場。

茹素深呼吸一口氣，逐一掃視著眼前的獄長。

「我以前看布袋戲，聽過四大判官的故事。米祿大人，你是陰律司吧？鍾九大人，你很明顯是罰惡司。至於莫明先生⋯⋯你是不是察查司？剩下來的是閔大人，你一定是賞善司吧？」

四位獄長不置可否，一同保持緘默。

賞善司？閔大人和藹的笑容不是裝的，只是我心存偏見，一直誤會他是偽君子。至於甚麼是四大判官，我沒看過那樣的劇目，這一點真的不清楚。

茹素輕輕搖起了骰盅。

我偷瞥了一眼，她的骰點組合是：

⚀、⚁、⚁、⚄、⚄

這是賭上一切的最後一局，茹素首先叫骰：

「三個二。」

閔大人用手勢表示「三個三」。

「三個五！」茹素大喊。

閔大人用手勢表示「三個六」。

茹素直接打開自己的骰盅，即是要賭閔大人在撒謊。

「我最多只有三個五。我決定開！」

到了這一刻，我終於看懂了茹素的策略，原來是誠實以對，不欺詐也不賭大。

結果一開盅，閔大人居然連一顆⚅也沒有。

真的贏了！

啪！閔大人座椅上的氣球爆開。

接下來的兩局，每當茹素的骰點不夠，沒法再喊上去，她便會毫不猶豫開盅。骰子彷彿有魔力似的，我發現每次茹素喊的骰點，全部都是閔大人的死穴，令他不得不詐唬。

從來沒有人這樣玩大話骰的，茹素居然一句謊話也沒說，便如有神助一樣的連勝了三局。

啪！啪！

氣球爆開，一個不剩。

閔大人輸得心服口服，向茹素做了個拱手禮。

米祿當眾宣告：「恭喜，妳贏了。」

茹素立即轉臉向著我，笑瞇瞇地說：「奎元，我跟你猜拳吧！一局定輸贏。聽著，剪刀、石頭……」

還未喊完口令，她已經伸出了攤開的掌心。我瞬間會意過來，伸出剪刀的手勢，贏了她的「布」。

誰都看出她是故意輸給我的，米祿不停搖頭，又好氣又好笑的模樣。按照約定，米祿宣告最終戰果：「最後的勝利者是畢奎元先生！我宣布畢先生成為閔大人的接班人，有沒有人有異議？」

餐桌另一側響起恭賀的掌聲，四大獄長之中，唯獨莫明沒有鼓掌。

在眾人疑惑的目光之中，莫明拍桌大喊：「我有異議！」

鍾九摸著後腦問：「你為甚麼反對？」

莫明的目光咬著我不放，口中言之鑿鑿：

「你的壞心思，我早就看穿了。我知道你只是一心要逃出園區，而不是當甚麼獄長。我有說錯嗎？約定是約定，我們也不能食言。不過我有權阻止你 —— 你想得到我的肯定，就要過我這一關！」

LEVEL 18

字

這是一場飄浮於雲端之上的夢境。

辦公大樓的燈光通宵不滅，燃燒著慾望的火焰，人心在審判的秤量下裸露無遺，野獸將會吞食撕碎的謊言。

莫明向女僕吩咐一聲，她便拿來一副撲克牌。

我向莫明挑起眉頭，挑釁道：

「你憑甚麼懷疑我對園區的忠誠？」

「很簡單，因為你的眼神，我看出你有反抗的意志。之前打電動ＰＫ戰，你曾是我的手下敗將，現在正好給你一雪前恥的機會。」

莫明是最後一關的大魔王，他要和我玩的死亡遊戲是「射龍門」。

「射龍門」是老少咸宜的撲克牌遊戲，概念就像踢足球，兩張牌充當「龍門」的兩根門柱，如果出牌數字落在門柱之間，便是「射入」的意思。

我和莫明決戰的是變化版，各自抽五張牌，自由決定出牌的順序。勝負規則跟足球的ＰＫ戰一樣。每一輪一開始，桌面上會有兩張門柱牌。主持人閔大人先翻開其中一張，接著玩家出牌，閔大人再翻開另一張，看看是不是射得入。總之只要數字相同，就是「撞柱」，當作不入。

「與坊間的玩法不同，如果兩張門柱牌的數字相同，那也是射門失敗的『大撞柱』。」莫明特別聲明。

只看牌面的數字大小，不必考慮花色，Ａ是１，Ｊ是11，Q是12，K是13。

女僕收起了桌布，呈現餐桌灰色發光的鋼面。

篷頂的白熾燈映照在鋼面，形成均勻的暴曬。在鋼板上放置撲克牌，牌面顯得格外清楚。

閔大人發牌，五張牌正面朝下，遞到我的面前，也遞到莫明的面前。

我翻開自己的牌：**2♠**、**6♦**、**8♥**、**8♠**、**10♥**。

不錯！除了一張**2♠**，都是中間數值的牌，有比較高的機率射入龍門。

「由你先出牌吧！」

莫明選擇了後攻。

FIRST KICK。

桌上有兩張蓋牌，第一張翻開的是3♦。

我打出一張8♥，另一張翻開的蓋牌是K♣。

8♥落在3♦與K♣之間，穩穩地射入了。

輪到莫明，在桌上掀開的第一張牌是J♦，他打出一張10♣。第二張門柱牌翻開，剛好是9♣。太巧了吧？兩張門柱牌的數字夾住10♣，雖然算是射入，但差一點就撞柱了，令我心中直呼可惜。

SECOND KICK。

輪到我了。

看見第一張門柱牌是4♣，我以為穩勝，打出了6♦。

哪知另一張門柱牌是2♠！

當我踢失了，當然要詛咒莫明也失手。可是，他打出的9♠成功入球，通過了兩張門柱牌。

THIRD KICK。

「梅花七？最怕是中間值的點數，真頭痛哩……」

我看著已翻開的門柱牌，猶豫要打出8♠還是10♥。前者是比較容易脫手的牌，所以我最後放下的是10♥。

翻開蓋牌：10♦。

撞柱……

這樣也可以輸掉，我趴在桌面上，差點想暈倒。

「我是地獄倒楣鬼嗎？」我自嘲道。

莫明沒有笑，只是默默打出一張**6♠**。

翻開的門柱牌是**4♦**和**J♠**，他又成功入球。

現在的比數是３比１，ＰＫ戰的常規階段只有五輪，假如下一輪我無法入球的話，那麼我就會即時敗北。

FOURTH KICK。

翻開的第一張牌是數值最小的**A♦**！

「耶！」

我許願成功，想不到得到命運女神的憐憫，讓我有方法出掉手上那張最麻煩的**2♠**。

在眾人的注視下，緩緩地，閔大人將牌面翻了過來。

A♥！

大撞柱！

兩張門柱牌都是**A**，夾死了黑桃二……

「幹！」我罵出了髒話。

這一輪莫明不用再出牌，因為他已經大獲全勝。

莫明的臉上，竟替我露出惋惜之情。

「你的策略是正確的，只是太倒楣了。」

當他攤出手上剩餘的牌，我就知道是甚麼回事。那兩張剩牌是**A♠**和**K♠**，都是必敗的牌。也就是說，要不是我操之過急，糟蹋了好牌，誰輸誰贏還真不好說。

我苦著臉向莫明道：

「我願賭服輸。這本來是一個賭運氣的遊戲。」

最後的決戰已經落幕，我戰勝不了明察秋毫的獄長。

這不是尋常的輸贏，而是魂魄的賭注，已經沒有第二次改變命運的機會。

我垂著頭，看著茹素，逐個字擠出口：

「對、不、起，我、輸、了。」

茹素心有靈犀，應話道：

「我已經有心理準備，無論你做甚麼決定，我都會跟著你的！」

莫明就像黑社會老大，對敗者的哭訴無動於衷，雙眼毫無波瀾。

「不好意思，我贏了。我這個人很死板，說一是一，說二是二。一是你簽下賣身契，二是你跳下去自盡，永遠在我們眼前消失。」

他這麼說就是沒有通融的餘地。

簽，還是不簽？

我偏偏愛鬥氣，把握住時機，冷不防問：

「是你說的！按照約定，我是不是可以跳下去？我和茹素，都會選擇跳下去，寧死也不要留在園區。」

眼見莫明沉默以對，我又再問一次：「是不是我們跳下去，如果大難不死，你們就會放任我們自生自滅？」

莫明冷眼打量著我，嘴角一彎，像是在笑我天真：

「你知道自己在說甚麼嗎？」

「我要問你——說過的話算不算話？在座各位獄長，你們貴為守諾守法的判官，應該一言既出、駟馬難追吧？」

鍾九大聲呼喝：「這裡可是離地百米呢！」

我的目光堅決。

獄長們面面相覷，最後由莫明開口質問：「你想玩甚麼花樣？」

我別過了目光，和茹素深情凝視了三秒，然後一同捲起最外層的上衣。她脫掉大褸，我將衛衣丟向高空，亮出藏在外衣裡的特殊背心。

「降落傘背心？」莫明看出端倪。

我點了點頭。

有了特權和斯堤幣，我可以在「阿媽桑」的網上商城購物。原則上可以網購任何東西，不過包裹送到園區之後，都會經過警衛的檢查，才會轉遞到我的手中。像武器、五金工具那樣的東西，不用說也知道是違禁品。

然而，像降落傘背心這樣的運動用品，有可能騙過粗心大意的警衛。當然我也動了一些手腳，透過遊戲機發送秘密訊息，聯絡在外面的助手，叫他登記成為「阿媽桑」的國際賣家。內應外合之下，當我下了訂單，他便悉心包裝出貨給我（別問我為甚麼包裹能送來冥府，可能是燒給我的吧）。

我一早就打算用空降的方法逃離園區。

米祿、鍾九和閔大人沒說甚麼，只是相視而笑。

莫明也沒好氣的笑了，竟然囑咐道：

「如果你死不了，請幫我轉告莫莉——我知道她是為了我好，才希望我離開這裡。可是我很喜歡現在的職務，世間有太多的罪魂必須接受懲罰。」

那一刻眼神交會，我終於心領神會。

他一早就想放我和茹素離開吧？

只有向善的靈魂，不受貪慾所惑，拋下戀棧權力的念頭，才有可能脫出這個園區——這片地獄。

「謝謝各位成全！後會有期！」

我和茹素克服了對死亡的恐懼，屁股準備離開懸吊式的座位。

「READY！GO！」

身上這款低空定點跳傘（BASE JUMPING）的專用傘，特點是可以在極低的高度下迅速打開，並以較低的下降速度精確著陸。

就在剛剛說話的同時，我已為茹素扣好了安全吊帶，互相點一點頭便展開行動。跳出去後，我攀住椅子爭取時間，拉動開傘把手，只需一點五秒，傘布便以極快的速度膨脹打開，迎風將我們扯向了空無一物的高空。

開傘成功！

從跳出到降落，只有極短的時間，任何猶豫或錯誤都足以致命。我暗中判斷過風向和風速，現在就是最佳的起跳時機。

「我有跳傘教練的執照。」

執行計劃之前，我跟茹素說過這樣的事。不過跳傘有極高的風險，她也要鼓起很大的勇氣，才決定跟我實踐這個瘋狂的逃生大計。

哇呵！我和茹素就像連體嬰，雙人的跳傘裝備緊密連繫，乘著晚風飛翔，感受到前所未有的自由感。

強風從耳邊呼嘯而過，我轉頭之際，看清楚了工作了大半年的D棟大樓，辦公室的燈光依然不滅。不知何處傳來鬼號似的泣聲，我與茹素繼續翱翔，漸漸遠離了園區，飛越了下面的河川，即將降落在黑漫漫的對岸。

快到地面時，我提醒茹素抬起雙腿，以滑行的方式著陸。

「成功了！」

下地後，我和茹素胸貼胸，緊緊擁抱在一起。

「妳的殉情戲演得真好，簡直是最佳女主角，連我也感動得為妳而哭。」

贏了也好，輸了也罷，我倆本來的計劃是要飾演亡命鴛鴦，找機會一起跳樓。只是茹素在獄長面前說的那番表白，實在是我的意料之外。

茹素仰臉看著我，情深款款地說：

「我沒有演戲。我說的是真心話。」

我怔了一怔，心頭一熱，竟紅了眼眶。

「我絕對會好好珍惜妳的。」

這半年就像一場夢，恍若隔世，熬過了人性的考驗。

泣聲交疊來去，夜頌恐懼滿盈……

我腦中響起一首搖滾樂的旋律。

彼岸瀰漫著迷霧，黑暗中閃爍著奇妙的光芒，既像螢火蟲，又似遊蕩的魂火。到了這地步，我和茹素不可以回頭，只能卯足勁前衝。一團紅色的花瓣在眼前紛飛，鋪成一條鮮紅色的路。

「奎元哥，回到原來的世界，我們會忘記發生的事嗎？」

「不曉得呢……應該有這個可能。」

「你會忘記我嗎？」

「我也不曉得。」

「你的徵信社叫甚麼？地址在哪裡？我到時來找你，你要請我唷！」

「好啊！我給妳安排的職缺是老闆娘……」

「一言為定！」

我和茹素手牽著手，十指緊扣，踏上有光的歸途。

【全書完】

冷對結業潮，甘為寫作奴

當所有同事都在無酬加班，就沒有人敢提早下班。

當勞工習慣了六天工作制，就沒有人再抱怨。

我人生只做過一年全職打工仔，這就是我當年受過的震撼教育。

當時的直屬女上司是劍 X 大學 EMBA 的畢業生，很懂得操縱人心。她先將我放置在倉務區搬貨，然後才批准我上去辦公室做白領工作。可是我追尋作家夢的意志太過堅定，所以做了一年勞工，我便拿著幾萬元的創業小本錢，自立門戶開辦了出版社。

一晃眼，天航出版社已熬過了二十個寒暑。

今年亦是我出道的第二十五個年頭。

走了四分之一世紀，我才想起自己讀過心理學，何不在創作中融入相關要素？於是就有了這個實驗性的系列，隨時僅有一本。系列第一炮，我創作以詐騙心理學為主題的小說，當然少不了警世的意義，能救一個是一個。

雖然故事純屬虛構，但我筆下的騙徒手法，很遺憾全部靈感都來自真實的案例！大家不相信的話，歡迎自行上去「油管」搜索新聞，總之現實比小說更離奇。

近年香港經濟走下坡，很多連鎖店和老店相繼結業，像我這種區區蚊型出版社，又何德何能可以苟存呢？

我唯一可以做的是真誠面對每一部作品。

A.I. 可以模仿莎士比亞，但 A.I. 無法成為莎士比亞。

雖然我也無法成為莎士比亞，但我要成為 A.I. 無法取代的異類作家。

前路愈是艱難，我愈珍惜創作的機會。在我心靈的世界，還有很多未曾打開的靈感盒子，不知道會蹦出甚麼千奇百怪的故事。

我不會提早退休，因為我真的很喜歡上班，自願為作家這一份工作熬夜加班。

花無百日紅，會消逝的東西彌足珍貴。

有人說，出版業是夕陽行業。

但我相信，那是最美麗的夕陽。

天航

二〇二五年，出道二十五年

奎元這個角色曾在我另一部作品出現，那是我這輩子寫過最神秘的故事，只有PATREON上的少數讀者知情。

闇心理學系列 之

叮叮園區奴隸戰記

作　　者　天航
插　　畫　Ooi Choon Liang
設　　計　廖振堯
編　　輯　阿丁
出　　版　天航出版社
（出版負責人：黃黎兼）
承　　印　美雅印刷製本有限公司
發　　行　泛華發行代理有限公司
香港新界將軍澳工業邨駿昌街七號
電話：27982220

出版日期　2025年7月　初版

ISBN　978-988-76848-2-4

此故事之所有內容純屬虛構，
如有雷同，實屬巧合。

本書如有缺頁、倒裝，請寄到以下地址替換：
Rm 607, Yen Sheng Centre, 64 Hoi Yuen Road, Kwun Tong
封面請註明「天航出版社收」。